つけ狙う女

隠居右善 江戸を走る1

喜安幸夫

JN170892

時代小説

二見時代小説文庫

目次

つけ狙う女——隠居右善《うぜん》 江戸を走る1

一　つけ狙う女

一

「おぉぉ、この暑さに川風とはありがたい」

隠居の右善《うぜん》は声に出し、頭の塗り笠をとった。

天明《てんめい》七年（一七八七）の初秋で、厳しい残暑を感じる一日だった。

日本橋《にほんばし》から北方向へほぼ一直線に延びている神田《かんだ》の大通りを経て、神田川に架かる筋違御門《すじかいごもん》の橋を北へ渡った。

さきほどから、その右善を見つめる目があった。

（かなり強い執心）

そう感じさせる視線だ。

（だが、なんのために？）

わからない。

神田川の南手になる一帯を、江戸の人々は内《うち》神田と呼び、神田川を北へ越えたあたりを外《そと》神田といった。

なにやら神田づくしだが、外神田でも筋違御門を渡ったあたりを、土地《ところ》の者は神田の明神下《みょうじんした》といっていた。そのほうがとおりもよく、一般にも知られている。

神田川は江戸城の外濠《そとぼり》になっており、筋違御門の一帯は内も外も町場《まちば》だが、濠《ほり》である以上、内神田のほうに桝形《ますがた》に石垣が組まれ、そこに番所《ばんしょ》が設けられている。

右善が川風に吹かれて笠をとったのは、その番所のすぐ前だった。川からの風が石垣の往還《おうかん》をさらりと吹き抜けたのだ。

番所には四、五人の六尺棒を持った番士が詰めている。

そのなかの一人が、目の前を橋のほうへ通り過ぎた右善に目をやり、

「ん？　あの男」

つぶやき、座っていた床几《しょうぎ》から立ち上がった。

「どうした」

「いや、なんでもない」

同輩が声をかけたのへ、立ち上がった番士はまた床几に腰を下ろし、

「それにしても……」

と、首をかしげ、橋に入った右善の背を視線で追った。

還暦《かんれき》はまだだが五十路《いそじ》は超しており、隠居の境遇には違いないが、決して老《ふ》けてはいない。裾《すそ》のせまい絞り袴《ばかま》に、袖《そで》を絞った筒袖《つつそで》を着こみ、笠をとって見える頭は髷《まげ》を解き、総髪《そうはつ》にしている。

かといって儒者《じゅしゃ》でも講釈師でも俳人でもない。一見、町医者に見えるのは、小脇に薬籠《やくろう》を抱えているからか。

だが、腰に脇差《わきざし》を帯びているのが奇妙だ。

だからといって、そのいで立ちから、武士には見えない。だが、体軀《たいく》は筋肉質の細身で、目のある者が見れば、

(かつては、鍛え抜いた武士)

と、感じ取るだろう。

筋違御門の番士が、そこまで見抜いたわけではない。

かつて見知った顔と、似ていたのだ。

その者は、北町奉行所の筆頭同心で、粋《いき》な小銀杏《こいちょう》の髷《まげ》に着ながしの着物に黒羽織

を着《つ》け、大小を落とし差しにふところには朱房《しゆふさ》の十手《じつて》をちらつかせ、供の小者《こもの》や岡っ引を引き連れ、颯爽《さつそう》と歩いていた。

だが、いま目の前を通り過ぎたのは、

(脇差を帯びた町医者?)

であり、しかも年行《としゆ》きを重ねた男である。

筋違御門の番士は六尺棒を手に、

(他人の空似《そらに》かい)

思い、番所の床几にただ座っているだけの役務《やくむ》に戻った。

そこが外神田と内神田を結ぶ橋の一つであれば、けっこう人通りは多い。男もおれば女もおり、武士もおれば町人もいる。つまり怪しげな風体《ふうてい》でない限り、往来勝手となっている。

だから、右善のうしろ三間《げん》(およそ五米《メートル》)ほどに、町娘とも武家娘ともつかない若い女が、その背を見つめながら尾《つ》いているのに、まったく気づいていなかった。というより、気にもとめなかった。

だが、右善は、

(きょうもかい)

と、さきほどから背に神経を集中していた。

初めてではないのだ。ここ数日来、薬籠を小脇に外出するたびに、その視線を感じていた。

だからといって、右善はいきなりふり返ったり、わざと脇道に入って相手を確かめるようなことはしなかった。

最初に気づいたとき、

（女……それも、若い）

と、感じとったからだった。

心あたりがない。

（だが、俺に執心しているのは確かだぜ……ふふふ）

口元にまんざらでもなさそうな笑みを浮かべ、隠宅《いんたく》に向かった。

隠居してからの住まいは、明神下の湯島《ゆしま》一丁目に置いていた。筋違御門の橋を渡ってすぐの、神田明神の通りとあっては人通りも多く、隠宅はその通りから枝道に入ったところにある。

板塀に囲まれた、門はそう大きくはないが太い柱を組み合わせた、質素だが両開きの門扉《もんぴ》を備えた冠木門《かぶきもん》で、町場にあってはなかなかの構えである。

その冠木門の柱に、小さな短冊《たんざく》のような木札が掛けられている。

近寄らなければ読めないほどの文字で、

——鍼灸《しんきゆう》療治　竜尾《たつお》

と、優雅な女文字で書かれている。

ならば、隠居で総髪の右善は鍼灸医……ではなかった。

八の字に開かれた冠木門に入るなり、

「師匠《ししよう》、届けてまいりましたぞ。いやあ、あの爺さん薬湯《やくとう》よりも話し相手が欲しかったのか、ちょいと付き合ってすっかり遅うなってしもうたわい」

と、庭から療治部屋に声を投げた。

患者に鍼《はり》を打つ手をとめ、

「ご苦労さまでした。あと痛み止めの薬湯を煎《せん》じておいてくださいな」

と、返したのは、明瞭な口調の女性《にようしよう》の声だった。明神下界隈《かいわい》では知らぬ者がいないほど、垂らし髪の美しい女鍼師《おんなはりし》で、名を竜尾といった。

うりざね顔に目鼻がととのい、四十路《よそじ》に近いのだが、三十路《みそじ》を超したかくらいに思えるのは、細身のせいかもしれない。

その竜尾を右善は〝師匠〟と称《よ》んだ。

竜尾もそれを自然に受け、つぎの仕事を指示している。

だが、その風貌から右善が竜尾の弟子には見えない。

町内の者は知っているが、なかには総髪の右善を熟練の鍼師と思い、問診《もんしん》や触診《しょくしん》をする竜尾を鍼師の娘か代脈《だいみゃく》（助手）とみて、いざ鍼を打つ段になっても竜尾が鍼を手にすると、

「――あ、あのう、お師匠は打ってくださらないので？」

と、心配そうに言う患者もいた。

実際に、右善にも打てないことはない。だが、患者を任せるには至らない。まだ、人体の構造や経穴《つぼ》の場所や種類、効能などを猛勉強中なのだ。ということはこのご隠居、鍼師を目指している……。

竜尾に言われ、奥の台所で薬湯を煎じながら右善は、

（あの娘、いったい？　以前の仕事に係り合いのある女か）

と、さきほどの視線を思い起こした。だとすれば、頬をゆるめるような事態ではないように思われてくる。以前の役務から、気づかないところで人の恨《うら》みを買っていたのか……。しかし、さしあたっては見当《けんとう》がつかない。

（よし。つぎは方途《ほうと》を講じ、面《つら》を確かめてやろう）

思いながら薬草の種類を分け、煮えたぎる鍋《なべ》の中に入れた。煎じるには分量と煮具合に気をつけなければならない

おもての療治部屋では、足のむくみで歩くのが困難になったという患者が、這《は》うように待合部屋《まちあい》から入って来た。右善が帰って来たすぐあと、嫁に抱えられるように来て待合部屋に入った、豆腐屋の婆さんだ。

婆さんは療治を受けるより早く、

「お師匠よう、さっき療治処《ここ》に入るとき、冠木門のところにみょうな女が立っていましたぞ。中をのぞきこむような、誰か出て来るのを待っているような」

「ああ、若い人でしょう。それならうちの爺さんも二、三日前、見たと言ってましたよ。冠木門のところで」

応《こた》えたのは、療治部屋で艾《もぐさ》をほぐしていたお定《さだ》婆さんだった。夫婦で住込みの下働きをしており、爺さんを留造《とめぞう》といった。

共に五十がらみで、いかにも下働きの爺さん婆さんに見え、それよりいくらか年行きを重ねている右善のほうが、出自《しゅつじ》の違いか、見かけも日常の立ち居振る舞いも若そうに見える。

「二度ですか。女の患者さんにはねえ、診《み》せるのがちょいと恥ずかしいといったこと

もあるのです」

「そうかもしれんねえ。さあ先生、診てくださいな。むくんで、だるうて、痛《いと》うて」

足のむくみを訴える患者の婆さんが、療治台の上にごろりとうつ伏せになった。

「これは血流をよくしなければなりませんねえ。揉み療治だけでは足りませぬ」

触診しながら竜尾は言った。

おもてではちょうど、遣《つか》いに出ていた留造が、風呂敷包みを小脇に帰って来たところだった。

門柱の陰から身を乗り出し、中を窺《うかが》っている女がいる。

「また、あの女」

留造はつぶやき、背後から、

「もし、娘さん。診てもらいたいところがあるんなら、遠慮はいりませんぜ」

「あっ、いえ。別に」

不意に声をかけられ、女は驚いてふり返り、逃げるようにその場を離れた。

「…………？」

留造は首をひねり、

「ただいま帰《けえ》りましただよ」

庭から療治部屋に声をかけ、奥の片付けにかかった。

右善がこのときの女のようすを見ていたなら、

(素人《しろうと》の女)

確信したことだろう。

右善にとっての素人とは、尾行術も張込みのやり方も知らないという意味である。

同時に、

(なぜ、さような娘が)

と、疑念をいっそう深め、

(やはり、かつての役務のゆえか)

との思いを強めたことだろう。

患者の婆さんは、帰りにはいつものように町駕籠《かご》を呼んだ。駕籠を呼びに行くのは留造の仕事である。

その日の夕餉《ゆうげ》のときだった。

その素人の女が話題になった。

いつものように竜尾を中心に右善、留造とお定の四人がそろった。これがこの療治処に住まいしている全員である。

隠居の右善がころがりこんで来た当初、今年の春のころだったが、

「――児島《こじま》の旦那が来てくだすってから、ほんにわしら毎日が安心ですじゃわい」

「――そうそう。どんなに戸締りをしても、なんだか心配じゃったからねえ」

と、留造とお定がいつも言い、竜尾もまんざらではない表情になっていた。

実際、右善が竜尾の療治処にころがりこんで来たとき、町内の者は、

「――お師匠、あの容貌《きりよう》じゃで、用心棒を入れなすったか」

「――ほんと、師匠と下働きの老夫婦だけじゃ、不用心だからなあ」

などと話しあったものだった。

竜尾も、頼まれたから仕方なく入れたのではなく、確かにその思いはあった。右善の苗字《みようじ》は児島といい、いまでは児島右善が療治処《ここ》にいるのが、あたりまえの風景になっている。

療治部屋では留造とお定のどちらかが手伝いとして入り、二人とも他用のあるときには、目下修行中の右善が入ることもある。事情を知らない患者から、右善のほうが熟練の鍼師と間違えられるのは、そのようなときである。

「――いやいや。ここの先生はこちらのお人でしてな。腕は確かだぞ」

と、そのたびに右善はひと膝《ひざ》ひきながら言っていた。

そのような右善を、竜尾はおもしろがっている。

だが、間違われないようにするためもあろう、右善は留造とお定に言った。

「――俺を旦那《だんな》と呼ぶな、右善さんでいいぞ」

と。それでいまは留造もお定も、児島右善をそう呼んでいる。

膳をつつきながら留造が言った。

「きょうもですじゃ。みょうな若い女が、門の外に来ておりましてな。これで二度目じゃ」

「気になりますねえ。こんど来ていたら、もっとしっかり声をかけ、中へいざなってあげてくださいな。そうそう、その役目は留蔵さんより、お定さんのほうがいいかもしれませんねえ」

と、竜尾は言った。やはり若い女に特有の体調の問題と、竜尾は解したようだ。ならばその役目は、年寄りでも女のほうがいい。

さりげなく、右善が問いを入れた。

「ほう、若い女か。どんな容形《なりかたち》じゃった」

「ありゃ右善さん。やっぱり男なんだねえ。若い女と聞けば、すぐそんなことを訊《き》きなさる」

すかさずお定が喙《くち》を容《い》れた。

「なにを言うか。そんな意味で訊いておらんぞ」

と、冠木門ではきょうが二度目だが、右善にすればそれらしい女に、もう幾度も尾《つ》けられているのだ。

「まあ、目鼻のととのった女人《にょにん》じゃったが」

「ふむ」

留造が応《こた》えたのへ右善はうなずき、竜尾が、

「それではまた見かけたなら、お定さんが」

「へい」

と、お定より留造が返し、この話題はそこで終わった。

だが右善は、自分の部屋に戻ってから考えた。

留造とお定は母屋にひと部屋与えられているが、右善は裏庭の隅《すみ》の物置を改装した部屋に寝起きしている。かつては物置だったが、改築と言っていいほどで小さな玄関まで設けられ、離れの一室のようになっている。

（うーむ。やはり以前の役務がらみに間違いあるまい）

と、口元をにんまりとゆるめた想念など、すでに消え去っている。

（だとしたら、面倒なことになっても、竜尾どのに迷惑はかけられぬ。つぎの機会《おり》には療治処《ここ》まで引き連れて帰るより、どこか外で糾明《きゅうめい》せにゃならんのう）

と、思いを定めた。

二

それがめぐって来たのは、二日後だった。

午前《ひるまえ》である。

一帯が明神下といわれるように、療治処の周囲には坂道が多い。

いまも明神坂を上《のぼ》り、やっと患家《かんか》に入ったところである。おととい来た、足のむくみを訴えていた豆腐屋の婆さんだ。おとといは嫁に支えられ、帰りは町駕籠だったが、きょうは往診に行くことになり、

「おい、留造。儂《わし》が行ってやろう」

と、薬籠持《やくろうもち》を右善《おぜん》のほうから買って出たのだ。

坂道を上ったり下りたりするとき、留造が薬籠持について来たのでは、坂の途中でひと休みするなど、竜尾のほうが気を遣い、療治処に帰ってから留造が患者になるこ

とがよくある。

その明神坂を上り切ったところに、神田明神の境内《けいだい》が広がっている。患家はその門前で、毎朝、明神さまにその日一番の豆腐を納めているというのが自慢の店だ。

上り切った。

「おーぉ」

と、歓声を上げている参詣人がいる。初めて来たのだろう。そこから江戸湾が一望できるのは、右善にはもう見慣れた風景になっている。

「ほんと、右善さんはお歳を感じさせない、達者《たつしや》なお人なのですねえ」

それらの参詣人に混じって、竜尾が感心したように言った。留造なら途中でひと休みし、さらに上り切ったところで茶店の縁台に座りこみ、息せき切りながらお茶でも一杯飲まなければ、つぎの行動に移れない。そこを一気に上ったものだから、竜尾はいくらか息を荒くしている。

留造は右善が〝代わってやろう〟と言ったとき、顔全体に皺《しわ》を寄せて喜んだものである。右善にとっては、この坂道が目的だった。上った者はほとんどが留造ほどではないにしろ、その場で立ち止まってふり返り、歓声を上げるか坂道を見下ろし大きな息をつくものである。

るものでなあ」

竜尾の言葉を待っていたように、

「なあに、これくらい。急な坂道は駈《か》け上るより、転ばぬように下《くだ》るほうが難渋《なんじゅう》す

と、右善は立ち止まってふり返った。

右にも左にも、坂を見下ろしている者がいる。右善はそのなかの一人であり、これほど自然なかたちでふり返られる場はない。

が、いなかった。女の顔を確認する機会は、得られなかった。

帰りに期待する以外にない。

だが、得るものはあった。

豆腐屋の奥の部屋で、患者の婆さんがうつ伏せになって鍼療治を受けながら、

「きのう、うちの嫁が店に来た若い女から、お師匠《しょ》さんとこのことを訊かれましてねえ。あぁ、そこ、すこしチクリと。さっきのとこととつながっているような」

などと言ったのだ。竜尾はこの界隈で〝先生〟とも〝師匠〟とも〝お師匠さん〟とも称《よ》ばれている。お師匠さんと呼ぶのは、おもに女の患者だった。留造とお定もそう呼び、右善は人の前では〝師匠〟と称び、患者のいないところでは〝竜尾どの〟と呼んでいる。

「お婆さん、いい感をしていますよ。経絡《けいらく》はつながっているのですから」

言いながら竜尾は鍼をつづけた。

右善はつぎの鍼を用意しながら、竜尾の手許《てもと》を凝《じ》っと見ている。右善の風貌から、まるで熟達の師匠が女弟子の打ち方を見守っているように見える。

竜尾は〝若い女〟のことについて、

「評判でも訊きに来たのかしら。そのうち入って来るでしょう」

と、返しただけで、

「お婆さんのように感のいい人は、こちらも証《しょう》を立てやすくって、それだけ的確に鍼を打つことができますよ」

と、鍼に専念し、そこに右善が喙を容れるすき間はなかった。どうやら竜尾は〝若い女〟を単に恥じらいのある患者としかみていないようだ。

だが、右善には気になる。視線は竜尾の手許にそそがれているが、脳裡はその女で占められていた。

女は聞き込みを入れたのだ。それも患者の婆さんが町駕籠で帰るのを尾《つ》け、豆腐屋の女隠居であることを突きとめ、翌日に訪れている。

（素人ながら、本格的）

思えてくる。

なにが……。

それがやはり、わからない。

鍼が一段落《いちだんらく》し、茶が入った。婆さんの表情から、足の軽くなったのが看《み》て取れる。

「さっきの話だが」

ようやく右善は切り出した。

嫁が部屋に呼ばれ、話した。

「目鼻のきりりとした、若いお人でした」

留造の証言と一致している。

「武家娘か、町娘か」

「そうですねえ。語り口調から、武家のような。そうそう、胸の襟《えり》に懐剣《かいけん》の袋が見えていましたから、お武家のご妻女かお嬢さまですよ」

嫁が応えたのへ、

「療治処《うち》にもお武家の患者さんはおいでですが、ご妻女かお嬢さんがお一人でとはみような。お供の女中さんは？」

訊いたのは竜尾だった。

「一人だろう。留造もそう言っていたからなあ」

と、留造を引合いに出さなくても、右善にはわかる。そのとおりだった。

「で、なにを訊いたんだい」

右善の問いに嫁は、

「はい。明神下の鍼の先生は、もうあそこに長いのかなんて訊くものですから、もう十年にもなり、腕のほうは確かで評判はすごくよくて、胃ノ腑《いふ》のもたれや赤子の夜泣きまで、それに本道《ほんどう》（内科）まで診てくれるって言っておきました。しかも親切なお方で、坂道が大変だろうからと、きょう先生のほうからこの時分に、往診に来てくださるってことも話してやりましたよ」

竜尾はうなずいた。この町に療治処を構えたのは、十年ほどまえなのだ。きょうの往診も、おととい療治部屋で、明神坂には難渋すると聞いたからだった。だから帰りには町駕籠を呼んだのだ。

「で、訊いたのはそれだけかい」

と、右善。

「いいえぇ。ご家族はおいでか、療治処にいなさるのは幾人かなどと訊くものですから、あの先生はまだ独り身《ひとみ》で、下働きの老夫婦と、それに見習いのお人が一人」

嫁は申しわけなさそうに応え、

「するとその女《ひと》、得心したようにうなずき、帰って行きました。で、そのお人、まだ療治処のほうには？」

「はて、面妖《めんよう》な。さようなことまで訊くとは。まだ来ておりませんが、そのうち来るでしょう」

と、この段になって、竜尾もいくらか疑念を覚えたようだ。

その帰りだった。

豆腐屋のある脇道から坂の上に出たとき、見送りに出て来た嫁も竜尾も気づかなかったようだが、

（来ている）

右善は気づいた。参詣人に混じり、茶店の陰に、あの女がいたのだ。なるほど、きょうこの時分に往診のあることは、きのう豆腐屋の嫁が女に告げているのだ。それに鍼師が竜尾のほうであることは、豆腐屋の嫁にすればあたりまえ過ぎて、わざわざ言っていない。

女がそこに聞き込みを入れたのは、おととい、婆さんが町駕籠で帰るのを尾けて所在を確かめたのだろう。そのときすぐ聞き込みに行かず、一日おいてふらりと行くな

ど、

（なかなか用意周到ではないか）

右善には思えてくる。

急な明神坂を、上ったときよりも用心深く、ゆっくりと下りはじめた。

「右善さん」

と、竜尾のほうから切り出した。

「豆腐屋のご新造《しんぞ》さんの話ですが、きのう来たというご妻女か娘さん、勘違いしているのでは。うふふ」

「あはは。おそらくなあ」

右善は笑いながらうなずいた。だが、表情は真剣だった。

豆腐屋の嫁は竜尾のことを話したつもりだが、女はそれを総髪の右善と決めこみ、また最初からそう思いこみ、患家の一軒に聞き込みを入れたものと思われる。若い女は〝明神下の鍼の先生〟と問い、豆腐屋の嫁は〝あの先生〟と応え、話はそのまま進んだのだ。

「心あたりはおありなんですか」

「ない。だから困っておるのだ。実はなあ、数日前から感じておったのだ。ふり向いてはならんぞ」

「はい？」

「また出て来ましたぞ」

「えっ」

「ふり向くな。このまま、ゆっくり歩いてくだされ」

「は、はい」

さすがは竜尾か、足も乱さず肩を揺らすこともなく、そのまま下り坂に歩を踏みつづけた。右善の話もつづいた。

「どうやら儂《わし》の以前の役務に係り合いがありそうな。竜尾どのに迷惑のかからぬように処理をと思うておったのだが。さて、どうしたものか」

ここに至っては策を変えざるを得ない。いま自分だけいずれかへ道を変え、他所《よそ》へおびき出すと言っても、竜尾は承知しないだろう。

案の定だった。

「ならば、療治処まで引き連れて帰りましょう」

「よろしいのか」

「それしかないでしょう。すぐお定さんに言って、中へいざのうてもらいましょう。

いまなら患者も来ておりませぬ。待合部屋でも奥の居間でも、そこで吟味《ぎんみ》しなされ」
竜尾は〝吟味〟などと、まるで療治処を奉行所のように言った。
「ふむ」
右善はうなずいた。
二人の足は明神坂を下りた。
両脇は町家である。
竜尾は前を向いたまま、
「まだ尾いておりますか」
「おる」
右善は応え、
（うっ）
心中にうめいた。これまで感じなかった殺気を感じたのだ。
同時に、
（お定に任せるわけにはいかぬ）
感じ取った。冠木門はすぐそこである。
背の殺気は、なおもつづいている。

三

右善は策を考えた。

正面門が面しているのは、表通りではなく枝道で人通りも少ないが、刃物など抜かれることになれば野次馬が集まり、竜尾の療治処に迷惑がかかる。

「勝手口から入ろう」

「え、どうして」

右善の言葉に、竜尾は怪訝《けげん》な表情になった。竜尾にすれば殺気など感じていないのだから、不思議に思うのも無理はない。だが、冠木門はすぐそこだ。理由《わけ》を説明しているひまはない。

「さあ、言うとおりにしてくだされ。すまぬ」

「は、はい」

薬籠を押し付けた右善の強い口調に、竜尾は怪訝《けげん》な表情のまま受け取った。右善は一人空手《からて》になって冠木門の手前の路地に入った。板塀の勝手口がそこにある。女の尾いて来るのが感じられる。

勝手口の前に立ち止まったとき、女からの殺気を一段と強く感じた。他に人通りはない。

（あの者、やる気か）

右善は直感した。

身をかがめて板戸を開けてから、その場で相手に背を向け誘いこむように、両手を大きく上げて伸びをした。勝手口の戸は開いたままである。

端《はな》から右善は腰の脇差を抜く気はない。理由《わけ》を訊くには、ともかく取り押さえねばならない。

女は右善の誘いに乗った。

背後に激しい足音を感じると同時に、女の叫びを聞いた。

「瀬島伝内《せじまでんない》！　父の敵《かたき》、覚悟！」

「なに⁉」

瞬時、右善は戸惑ったが、足音と刃《やいば》はすぐそこに迫っている。女は体当たりで懐剣を右善の背に刺しこむ所存であるのが感じられる。予測したとおりだった。ふり返りざま右善は身をかわし、突進して来た女の腕を取るなり、その勢いのまま勝手口の中へ押しこんだ。叩きこんだといったほうが合っている。

「ひーっ」

女は悲鳴を上げて裏庭に崩れこみ、右善は素早く勝手口の板戸を閉めた。誰にも見られず、懐剣はすでに右善の手に移っている。

「なにやつ！」

「おのれ、父の敵！」

顔を上げ、ふり返った。

玄関に入ったばかりの竜尾は裏手の騒ぎに気づき、

「なにごと！」

勝手口に走り、

「い、いったい、これは⁉」

驚愕の声を上げた。若い女がそこに崩れこんでいる。

「なにごとじゃね」

台所口から留造も出て来た。お定もつづいている。

女は悔しさからか、その場に泣き伏そうとした。

「いかがなされたのか。さあ、立ちなされ」

竜尾がいたわるように背後から抱《かか》え起こし、

「まあまあ、こんなに土がついて」

お定が着物の汚れを手で払い、留造が、

「あっ、この女《ひと》じゃ。門の陰から中をのぞきこんでいたのは」

「そういうことになるなあ。どうやら儂《わし》を人違いし、つけ狙っていたようじゃ」

「えっ」

女は低いうめきを洩《も》らし、我に返ったような表情になった。

「さあ、竜尾どの。ともかくこの女人を母屋《おもや》へ」

「その必要がありそうですねえ」

右善が言ったのへ竜尾が返し、女の手を取った。

竜尾にいざなわれる女の背を見ながら、

（どうやら、とんでもない厄介《やっかい》に係り合ってしもうたようじゃ）

右善は思わざるを得なかった。

突き離せないのが、児島右善の性分《しょうぶん》なのだ。

場は母屋の座敷に移った。

女は名をお菊《きく》といった。間違いだとわかったとき、女は飛び下がり、平身低頭したものである。いまは右善と竜尾に向かい合い、畏《かしこ》まって端座《たんざ》している。その姿はやはり武家娘である。歳は二十五歳だった。もっと若い娘に思えたのは、右善や留造の自分の歳のせいかもしれない。

竜尾も驚き、お菊の所業が仇討《あだう》ちだったことに、留造に門扉《もんぴ》を閉めさせ本日休診とし、きょう午後に来ることになっていた患者には、お定と手分けして知らせに走らせた。

その静かな環境に、お菊は見間違えたことを鄭重《ていちょう》に詫び、

「父は上州《じょうしゅう》安中《あんなか》藩三万石板倉《いたくら》家の勘定方《かんじょうがた》で志方杉右衛門《しかたすぎえもん》といい、百石を食《は》んでおりました」

と、出自《しゅつじ》を話した。

中山道《なかせんどう》に宿場町を持つ山国の小藩である。百石は微禄ではあるが、安中にあっては堂々たる武家で、そこの娘ともなれば、やがて藩中のいずれかに嫁《とつ》ぎ、安穏な生活が待っていたはずである。

それが突然、父が同僚に殺され、科人《とがにん》は逃亡し、遺族が仇討ちの旅に出なければならなくなった。その科人が、お菊の叫んだ瀬島伝内だった。

右善も竜尾も、発端になった事件か事故のことは訊かなかった。訊いても詮無《せんな》いこ

となのだ。発端の理非《りひ》よりも、ひとたび敵《かたき》を追う身となれば、成就《じょうじゅ》するまで藩に戻れず、家を失ったも同然となることは、市井《しせい》の者も広く知るところである。

父が殺されたのは十年前だという。

だが、

「わたくしが仇討ちの旅に安中を発ってより五年になります」

お菊は言った。

これには右善も竜尾も、

「はて、面妖な」

「計算が合いませぬ」

問いを入れた。

お菊は語った。

当初は兄の源太郎《げんたろう》が、父の殺された翌日、親戚の者たちに見送られ、瀬島伝内を討つべく安中を出たという。まだ二十歳《はたち》前だったらしい。

ところが五年前、江戸で病死したとの知らせが安中に届いた。

お菊が代わりに仇討ちの旅に出なければならなくなった。このとき二十歳になっていたが、父が殺されたのは十五歳のときであり、瀬島伝内の顔を知らない。親戚から

手掛かりとして聞かされたのは、

――瀬島家に医家の親族がおり、伝内にも医術の心得がある

とのことだけだった。

「だからわたくしは、瀬島伝内はいずれかで医者を拵《こしら》えているはずと思い、江戸で町医者を找《さが》しては身辺を探っていたのです」

「ほう」

と、右善はうなずきを入れたが、それだけで自分が父の敵と見間違えられたのではたまらない。

「それだけで儂を？」

「いえ、まだあります」

右善の問いにお菊は応え、

「もうひとつ、絵心《えごころ》のある父の友人だったお方が、参考にしなされと瀬島伝内の似顔絵を描き、わたしに持たせてくれました」

言いながら、ふところから大事そうに紙入れを取り出し、折りたたんでいた紙片を畳の上に開いた。

「まあ」

竜尾が声を上げ、

「ふむ、ふむふむ」

と、右善も感心したように声を上げ、手に取り、あらためて見入った。

竜尾もふたたび横合いからのぞきこみ、

「ほんに、よう似ておりまする」

言ったものである。

頭の髷《まげ》を総髪にすれば、右善そのものである。伝内は〝父の同輩〟だったというから、年行きも右善に近いということになる。

それに、似顔絵に、

――中肉中背ながら、出奔《しゅっぽん》当時はいくらか細身の趣《おもむき》あり

と、添え書きがしてある。右善も痩せ型である。

しかも、竜尾が鍼灸の療治処を明神下に開いたのが十年前であり、お菊は明神坂上の豆腐屋でそれを聞き、右善をその瀬島伝内と見なしたのである。

「それじゃあ見間違っても、仕方ありませぬなあ」

「もっとも、もっとも。わっはっはっは」

と、竜尾が言ったのへ右善は大笑いし、お菊はまたも、

「申しわけなきことを」

と、いかにもきまりの悪そうな顔になった。

右善の笑い声で部屋の空気はやわらぎ、そこに親近感にも似た雰囲気が生じた。だが、事態は笑いごとではない。

この五年間の来《こ》し方《かた》を右善は訊き、竜尾も、

「さぞやご苦労を」

と、そこに興味を持ったか、ひと膝まえにすり出た。

お菊は語った。

安中を出るとき、親戚中が相応の路銀《ろぎん》を工面《くめん》してくれて、ちょうど留蔵とお定のような、身のまわりの世話役もつけてくれた。

目指したのは、やはり江戸であった。

兄が五年間找《さが》しても見つからなかったのだ。長丁場《ながちょうば》になると覚悟を決め、安中藩の世話で、両国広小路《りょうごくひろこうじ》に近い裏長屋に部屋を借りた。

一年で世話役の老夫婦は、まだ残っていた路銀とともに消えた。

それを話すお菊の口調に、恨みがましさはなかった。

「ふむ」

と、右善はうなずいた。足を棒にして江戸の町々を歩く毎日に疲れ、老夫婦は見えぬ将来《さき》へ恐怖にも似た不安を覚えたのだろう。

「長屋の人々は、よくしてくれました」

と、そのほうをお菊は嬉しそうに話した。

親戚に事情を書き送り、いくらかの支援はあったものの、それも絶え、藩邸に泣きついたが、いくらかの生活費を与えられ、それも三度目には江戸おもての勘定方に会うこともできなくなった。

そのようなときに、長屋の子供たちを集めて部屋で手習いの真似事をし、乏しいながらも口糊《くちこ》しの道を用意してくれたのが、

「長屋の人々でした」

言ったときのお菊は、さも嬉しそうであった。

そこからかえって右善と竜尾は、お菊の心身ともに疲れ果てたようすを感じた。生活を思えば、似顔絵の敵《かたき》を找しに出るのも少なくなる。しかし、找さないわけにはいかない。町に出るときは、

「懐剣を胸に、武家娘としての身なりだけはととのえました」

言ったとき、表情も慥《しか》と目的を持った武家の女になっていた。

しかし、見つからない。

「江戸をあきらめようと思いはじめ、もう少しと長屋の人々に励まされ、旅に出ようにも路銀はなく……」

武家であれば、仇討ちをあきらめることはできない。あきらめれば武家を捨てることになり、おのれの来《こ》し方《かた》を否定することにもなる。そこに口を開けて待っている将来は、さらに悲惨なものとなるだろう。

「その恐怖におののいているとき、小間物の行商をしている長屋の女やもめのお人が教えてくれたのです。神田明神下に似顔絵の鍼師がいる……と」

その女行商人も、右善を療治処の鍼師と見なしたようだ。

竜尾は苦笑もしない。真剣にお菊の顔に見入っている。

右善が外出したおり、若い女の視線を感じはじめたのは、そのときからということになる。

そして、きょうの仕儀となった。

「いやいや、儂がここの鍼師というのではない。隠居で用心棒を兼ねた見習いの奉公人じゃ」

言ったとき、お菊は驚きとともに、その表情に落胆の色が走ったのを、右善は見逃していなかった。

外はまだ明るかったが、

「きょうの夕餉《ゆうげ》は幾人になりますじゃ」

留造が部屋に声を入れた。

竜尾は応えた。

「五人」

一人多い。帰る仕草を見せたお菊を、竜尾は引きとめたのだ。

右善も、不幸というべきか壮絶とも表現すべきか、お菊という武家娘の来し方を聞いてしまった以上、このまま他人として帰すわけにはいかない。

夕餉の膳をつつきながら言った。

「江戸をあきらめるには及ばんぞ。いましばし、江戸にいなされ。儂に找すアテのないわけではないゆえ」

「そうじゃ。そうしなされ、お菊さん」

と、竜尾も右善の言葉に得心したように言う。

竜尾だけではない。いつものように相伴《しょうばん》に与《あず》かっている留造も、

「それがよい、そうしなされ」

言うと、お定までが味噌汁をそそぐおたまを手にしたまま、

「旦那、いいお役目ができましたじゃねえ」

皺《しわ》くちゃ顔にいっそう皺を寄せたものだった。

いずれも右善の前身を知っておれば、そこに期待を寄せるのも無理からぬことであった。むしろ、竜尾に留造、お定の目は、それを右善に求めていた。

談笑のなかに、お菊も右善の以前を聞かされると、驚きとともに目を輝かせた。そこが右善には嬉しかった。かつての公事《くじ》による逆恨《さかうら》みでも誤解でもなかったのだ。

療治処の奥の部屋が、新たな期待のなかに夕餉を終えたのは、陽がそろそろ沈もうかといった時分だった。

「今宵はここに」

竜尾は言ったがお菊は辞退し、両国広小路近くの長屋まで留造に提灯《ちょうちん》を持たせ、送らせることにした。帰るころには日も暮れていよう。

右善も思い立てば凝《じ》っとしておられない性質《たち》からか、

「儂も出かけるぞ。きょうは向こう泊まりになる」

と、お菊と一緒に療治処を出た。

裏の勝手口の外まで見送りに出た竜尾が、

「ならば、今宵《こよい》は八丁堀《はっちょうぼり》ですか」

ごく自然に言ったのへ、

「そういうことになる」

右善はふり返り、それがあたりまえのように応えた。

四

神田川の筋違御門を渡ったところで両国のほうへ帰るお菊、送って行く留造の二人と別れ、神田の大通りに足を速めた。筋違御門から十丁（およそ一・一粁《キロ》）も進めば日本橋である。

陽は西の空に大きくかたむき、間《ま》もなく日の入りを迎える。この時分になると、どこも往来人は家路を急いで長い影を引いて速足になり、大八車や荷馬などは、陽のあるうちにと急ぎはじめ、町全体が慌ただしくなる。

いまも土ぼこりを上げる大八車とすれ違い、急ぎの町駕籠が威勢のいいかけ声とともに追い越して行った。

そのなかに右善は、

(きょうでなくてもよいが、お菊どのの心情を思えば)

と、いっそう足を速めようとしたときである。前方から町駕籠がゆらゆらと近づくのが、往来人のあいだに見えた。空駕籠《からかご》のようだ。間近になった。

「おおう」

「右善の旦那じゃござんせんかい」

と、右善と前棒《まえぼう》が声を上げたのが同時だった。明神下の自営の駕籠舁《か》き人足で、前棒を権三《ごんざ》、後棒《あとぼう》を助八《すけはち》といった。

二人とも三十がらみで、なかば竜尾の療治処御用達《ごようたし》のようになって、患者の送り迎えをしているのだが、おととい豆腐屋の婆さんを明神坂上まで乗せたのも、この権三と助八だった。きょうは日本橋のほうまで出かけたか、その帰りのようだ。

二人は足を止め、空駕籠を担いだまま、

「旦那、こんな時分に明神下に背を向けてなさるたあ、いってえどちらへ」

「あっ、わかった。なにかあって、お里帰り!」

「おめえら、勘がいいぜ。そういうところだ」

「ほっ、だったら乗りなせえ」

「そうそう。旦那から酒手《さかて》を取ったりしやせんぜ。しかも行き先がお里となりゃあ」

と、二人は右善の〝お里〟が、竜尾も言った八丁堀であることを知っている。互いに右善が隠居する以前からの係り合いで、竜尾の療治処に右善が越して来たとき、二人は驚きと同時に喜んだものだった。

自分をつけ狙う女の視線に気づいたときも、権三と助八に逆尾行を頼もうかと思ったが、その機会もないまま きょうを迎えたのである。

「いやいや。これからじゃ相済まぬわい。それよりもあした、仕事のあいまにでも儂のところへ来てくれ。ちと相談があってなあ」

「うひょ。こいつはおもしれえ。また、なにかありやしたので?」

「こんな路傍《ろぼう》で話せぬ」

「だったらなおさらでさあ。さあ、お乗んなせえ」

「あはは。おめえら一日の終わりで疲れているのだろう。ともかくあしただ」

交互に言う権三と助八に右善は返すと、さっさと大股で歩きだした。

ちょうど陽が沈んだところだった。

「旦那ア、あした楽しみにしておりやすぜ」

「ヘイッホ」

と、一日の終わりというのに、二人の弾《はず》んだ声を背に聞いた。

物見高いは江戸の常と言われているが、権三と助八にはそれが人一倍強く、右善には重宝《ちょうほう》な存在だった。

日本橋を過ぎ、八丁堀に入ったのは、外を歩くのにそろそろ提灯が必要となるころだった。

お里の屋敷も板塀に囲まれ、いずれもおなじような冠木門が往還の両脇にゆったりとした間隔をとってならんでいる。いわゆる八丁堀の一角を占める、町奉行所同心の役宅である。

その一つに右善の足は向かった。お里というより、古巣である。

古くからいる下男《げなん》が、ちょうど冠木門の門扉を閉めようとしていたところだった。暗くなりかけた往還に、右善がひょっこり帰って来たものだから、

「わっ、ご隠居さま！」

言うなり母屋の玄関に、

「旦那さま、お内儀さま、ご隠居さまのお戻りですうっ」

大声を上げた。

このような時分に、前触れもなく他人の家に訪《おとな》いを入れるのは非礼だ。だが、下男

が〝ご隠居さま〟と称《よ》ぶからには、右善がかつてはこの役宅のあるじだった……。そう、北町奉行所の同心だったのだ。それも、地味な書役《かきやく》から定町廻《じょうまちまわ》りに年季の入った熟練の同心が就く隠密《おんみつ》廻りも経験した、超の字がつく熟達の名同心だったのだ。

「まあ、お義父《とう》さまらしい。突然いらっしゃるなんて」

嫁の萌《もえ》が手燭《てしょく》の灯りを手に玄関へ急ぎのすり足をつくり、膝をついて迎え、息子の善之助《ぜんのすけ》が
「なんですか、いきなり。お帰りになるならなると、知らせてくれなきゃ困るじゃないですか」

と、それにつづいた。

「おまえさま、なにを言ってるんですか。これがお義父さまの真骨頂《しんこっちょう》ではありませぬか。思い立つとすぐ行動に移される。きょうお越しになったのも、それなりの理由《わけ》があってのこと。ねえ、お義父さま。さあ、奥へ」

言ったときにはもう右善も板敷きの間《ま》に上がり、

「さよう。相変わらずじゃのう。おまえよりも萌どののほうがよう気がつくぞ」

と、萌の手燭に先導され奥の居間に入った。

萌はおなじ八丁堀の同輩の娘で、赤子のころから知っている。子供のころはすぐ近

くの児島家にもよく遊びに来て、庭に穴を掘ったり障子を破いたりしていたものだった。その萌を、

「――是非、善之助の嫁に」

と、所望《しよもう》したのは右善だった。

そのときの言い分が、

「――誰に似たのか、あんなおとなしい堅物《かたぶつ》を一人前の同心にするには、闊達《かつたつ》な嫁が必要なのじゃ」

であった。

萌も、

「――はい。善之助さまなら、押しかけ女房にでもなんでもなりまする」

と、即座に応じ、この速さに奉行も同僚たちも驚いたものだった。

萌が児島家に入ると、善之助が入り婿のようになり、それが右善には愉快でたまらなかった。嫁の萌が右善を〝お舅《しゆうと》さま〟ではなく〝お義父《とう》さま〟と呼ぶのも、他の同僚の屋敷では見られない光景だった。

だが、善之助が頼りないのではない。萌も、そこはよく心得ている。ともかく、堅物なのだ。

奥の座敷に行灯《あんどん》の灯りが入った。

「で、なんですか。萌は〝それなりの理由が〟などと言っておりましたが、そうなのですか」

「そうじゃ」

善之助が言ったのへ右善は応え、さっそく用件に入った。

神田で敵《かたき》と間違えられたことに萌は、

「まあ、ほほほほ。そのお菊さまとおっしゃるかた、なんとそそっかしい」

と、笑ったが、仇討ち行脚《あんぎゃ》の苦難を察したかすぐ真剣な表情になり、

「で、お義父さまは、お菊さまに助太刀《すけだち》をなさると?」

「それは難渋しますぞ」

すかさず善之助は言った。

「おそらくな。で、おまえの存念を申してみい」

淡い行灯の灯りのなかにひととおり話してから、右善は視線を善之助に向けた。

「はい」

善之助は応じ、

「瀬島伝内なる者がもし江戸にいるとすれば、医者の姿はしていますまい。医者の心

得のある者が逃げているのなら、追っ手が医者を目印にすることは必定《ひつじょう》。伝内がすこし頭をめぐらせば、すぐそこに気づくはず。お菊どのがこれまで找し出せなかったのは、そのためでありましょう」

「そこじゃ、善之助」

右善は膝を打ち、萌も、

「まあ」

と、その推測の冴《さえ》に声を上げた。

このことは、右善がお菊から話を聞いたとき、まっさきに脳裡に浮かんだことだった。だが、その場では言えなかった。お菊のこれまでの辛苦《しんく》が、

『無駄だった』

と、言うのに等しい。

右善が即座に〝善之助の所へ〟と思い立ったのは、そのためだった。

「そことは？」

善之助の視線が右善に向けられた。

右善は言った。

「儂はお菊どのに助勢すると約束した。よって、おまえも合力《ごうりき》するのじゃ」

「父上！」

「おまえさま、そうしてあげなされ。女の身で……お菊さまの辛苦を思えば」

萌は射るような視線を善之助に向けた。

「わかりました、父上」

善之助は応じ、

「あしたからでも私の受持つ町々はむろん、定町廻りの同輩たちに理由《わけ》を話し、合力を頼んでみます」

「ほほほ。お義父さまによう似た不審な者を找すとなれば、同輩のかたがたもおもしろがって、その気になってくれましょうほどに」

「そこじゃ」

右善はまた言った。最初からそれが狙いだったのだ。隠居した身とはいえ、北町奉行所内で同心はいうに及ばず、奉行、与力から小者に至るまで、熟達同心だった児島右善を知らぬ者はいない。

「お菊さまがきょうお義父さまを見間違えたことが、敵《かたき》に一歩、近づいたことになればよろしいのにねえ」

萌がふたたび笑顔になった。

善之助は真剣な顔で言った。

「これ、萌。笑いごとではないぞ。第一、瀬島伝内なる敵が、江戸に潜んでいるとは限らないのだぞ」

当然、右善にも萌にも、その懸念《けねん》はある。しかし、こうしたとき懸念を膨《ふく》らませたのではかえって気力の萎《な》えることを、右善も萌も心得ているのだ。

「ところで、お義父さま」

と、すぐに萌が話題を変えた。

「鍼はもう打てるようにおなりでしょうか。実家の父が、右善さまが打てるようになれば、一度打ってもらいたいものじゃと申しております」

実家といっても、数軒となりである。

「あはは。儂は打てるつもりなのじゃが、まだ竜尾どのが打たせてくれぬ。留造やお定に打たせろと言っておるのじゃが、なんだかんだと理由をつけて逃げまわりおるわい」

「まあ。留造さんやお定さんまで」

と、右善が言ったのへ、萌はまた笑った。

同心株を息子の善之助に譲り、隠居してから間もなく、

「――庭の盆栽《ぼんさい》いじりや三味線《しゃみせん》や謡曲《ようきょく》を習うよりも、なにか世のため人のためになることはないかと思うてな、鍼を習うことにしたぞ」

　右善が突然言ったとき、善之助も嫁に来たばかりの萌も驚いたものである。

　しかも、

「――ほれ、知っておろう。明神下の竜尾じゃ。あそこへ弟子入りすることにした」

　と、そこまで話を進めていたことに二人はまた驚き、それも仕込みだと聞かされ、善之助も萌もとめた。だがそのとき、竜尾の療治処ではすでに裏の物置を改装中であった。

　竜尾の療治に言いがかりをつける者がいて、その理不尽さに竜尾は湯島の自身番をとおして奉行所に仲裁を申し込んで来た。言いがかりをつけた者の背後には、筋のよくない連中がいたのだ。

　公事《くじ》となり、内偵に当たったのが隠密廻り同心の右善だった。筋違御門の番士が、総髪の右善を見て〝はて〟と首をひねったのは、そのころ同心姿でときおり御門を通っていたからであろう。

　内偵の結果、連中が言いがかりの常習犯で、余罪があり泣き寝入りした被害者も少なくないことが判明し、機を見て踏込み、一網打尽《いちもうだじん》にしたことがある。そのとき竜尾は秘かに右善に合力し、大いに探索の助けとなったのだった。もちろん、定町廻りのように、その動きがおもてに出ることはなく、右善も竜尾に隠密廻りの動いていることを口止めした。相手は、それほどにあくどい集団だったのだ。

その右善の突然の頼みに、竜尾は驚いたはずである。もちろん、迎え入れれば用心棒になるとの思いも手伝い、それで裏の物置の改装にかかったのだった。

引っ越してから、萌は二度ほどようすを見に行ったことがある。だから下働きの留造やお定も見知っていたのだ。

とくに竜尾とは気が合った。すでに湯島界隈で酔っ払いややくざ者が暴れているのを、右善が取り鎮《しず》めたことが二、三度あり、

「——町の者も喜んでおりまする」

と、聞かされたときには、

「——まあ、お義父さまらしゅうございます」

と、互いに笑い合ったものである。

行灯の灯りの中に、右善の鍼の話が出ると、善之助がまた、

「私も萌も、試し台になるのはお断りいたしますぞ」

真顔で言った。

すでに夜は更け、八丁堀でまだ部屋に灯りのあるのは児島家だけになっていた。

五

久しぶりの役宅であり、ぐっすり眠れた。お菊への助っ人も、古巣の北町奉行所が陰ながらであっても探索に動けば、効果は絶大だろう。決め手は〝右善に似た怪しい人物〟となる。ますます期待できる。

翌朝、右善は善之助の出仕《しゅっし》と一緒に八丁堀の役宅を出た。萌に見送られ、挟箱《はさみばこ》を担いだ下男が一人、うしろにつづいている。

八丁堀の武家地から町場に入り日本橋に出る道筋を、善之助は煙たがるように黙々と歩いているが、右善には懐かしいものがある。

日本橋にはすでに往来人の下駄や大八車の車輪の音が響き、江戸の繁盛を示している。その響きのなかに善之助はホッとしたように言った。

「父上はこのまままっすぐ神田の大通りを筋違御門に向かわれますか。私は濠沿いに常盤橋《ときわばし》御門に参ります」

北町奉行所は日本橋に近い常盤橋御門内にある。

橋を渡り切り、

「ふむ。それでは例の件、よしななにな」

「むろん」

善之助は返した。

神田の大通りもすでに大八車や荷馬の列が行き交い、諸人《もろびと》の一日の動きはとっくに始まっている。

療治処の冠木門を入ると、庭に面した縁側に腰掛けていた権三と助八が、

「へへ、旦那。待っていやしたぜ」

と、腰を上げ、近寄って来た。

二人が駕籠を庭に置き、縁側に腰掛け、お定の淹《い》れた茶を飲んでいるのはいつもの光景である。歩くのが困難な患者の送り迎えだ。

縁側には障子の部屋がふた間ならんでおり、そこが療治部屋と待合部屋になっている。すでに待合部屋に幾人か入っているのは、きのう急な休診にした影響だろう。療治部屋からは灸《きゆう》のにおいがただよってくる。

「おう、もう来ていたか。仕事のほうは大丈夫か」

「仕事よりも、きょうは旦那に言われて来たんですぜ」

「帰りに乗ってくださるお人が一人おいででやすが、まだ待合部屋のほうで」

「おう、そうか。ならば、ここじゃなんだ。儂の部屋に来い」

「へい」

と、三人は庭から裏手にまわった。

離れのひと間しかない部屋に上がり、三人が鼎座《ていざ》にあぐらを組むなり、前棒の権三が、

「へへ、旦那のほうから声がかかるたあ、また秘密の捕物《とりもの》ですかい」

「こんどはどんな悪党で？」

後棒の助八がつないだ。

二人とも、まるで同心の右善についている岡っ引のようなことを言う。

それもそのはずで、右善が定町廻りのころはおもに四ツ谷《よつや》界隈を担当し、湯島にはなじみがなかったが、隠密廻りになると江戸市中すべてが範囲となる。そこで神田明神下の鍼灸療治処への言いがかりを探ったとき、右善の目となり耳となったのが権三と助八だった。もちろん二人は得意先の療治処のためだったが、胡散臭《うさんくさ》い連中のたまり場や棲家《すみか》をつきとめ、人数などを調べるのに大きな貢献《こうけん》をした。

右善も悪党たちを焙《あぶ》り出すその働きには、

（――この二人、並みの岡っ引より役に立つぞ）

と、思ったものだった。

権三と助八からみれば右善は、

（――悪党どもに容赦はなされぬ、頼もしい旦那）

であった。

その右善が小銀杏《こいちょう》の髷《まげ》をとき総髪になり、療治処の物置を改装した離れに入ったとき、

「――あれ？　旦那じゃねえですかい」

「――これはまたどういうことで」

と、驚くと同時に大喜びしたものである。

その場で右善は二人に、前身を口外《こうがい》するなと口止めした。

「――やはり隠密廻りの旦那だぜ」

と、二人とも秘密を右善と共有することになってますます喜び、その箝口令《かんこうれい》は慥《しか》と守られた。そこにも右善はこの二人に、いっそうの信《しん》を置いた。

この箝口令は留造とお定にも、竜尾をつうじて伝えられており、したがって明神下界隈で右善の前身を知る者は、竜尾と下働きの留造、お定、駕籠舁きの権三と助八の

五人のみということになる。

権三と助八は、周囲に優越すら感じるこの環境下に、当の右善から〝用がある〟と声をかけられたのだから、うずうずしないわけがない。

「まあ、捕物といっちゃあ捕物だが、ただの悪党ではない」

「なんなんですかい、じれってえ」

「極悪人ということですかい。あっしら、怖気《おじけ》づいたりしやせんぜ」

「そうとも、そうとも」

と、二人とも聞くまえからやる気になっている。

「実はなあ、きのうのことだ」

と、右善はお菊の一件を話した。

「おもしれえ！」

「助太刀、いたしやすぜ！」

と、話が仇討ちで、討つ側が若い武家娘とあっては二人とも手を打って喜んだ。

さらに、昨夜八丁堀の古巣に帰ったのは、奉行所にも瀬島伝内探索に合力を頼むためだったことを話すと、

「へん、旦那。言っちゃあなんでやすが、お奉行所の同心や岡っ引などにゃ退《ひ》けはと

りやせんぜ」

「あっしら駕籠昇き同士のつながりは、旦那もご存じのはずですぜ」

と、二人はますますその気になった。

ここでも找す鍵が右善に似た人相であることに、

「そりゃあ探しやすい。日数《ひかず》はかかりやせんぜ」

「いや、相手に覚《さと》られちゃならねえ。こいつぁ慎重にやらにゃあなるめえ」

権三が言ったのへ助八がつないだ。

なるほど駕籠昇きの前棒と後棒には、それぞれの位置に合った性格があるようだ。

その場でさっそく向後《こうご》の策が話し合われた。


おなじころ北町奉行所でも、似たようなことが話し合われていた。

「ほうほう。そなたの親父どのに似た不審な男か」

「そりゃあおもしろい」

と、武家娘の仇討ちだけでなく、その敵が隠居した児島右善に〝似た男〟というのが、同心たちの興味を大いにそそった。

定町廻りも隠密廻りも、

「よし。ご隠居さんの右善どのではなく、浪人者の右善か無宿者の右善を捜せばいいわけだな」

と、善之助に合力を請け負った。

「崩れた右善どのじゃな」

などと言って一同の笑いをとる者もいた。

この指摘は当たっている。右善に似ているといっても、十年も逃亡生活をつづければ、顔相はそれなりに崩れたものになっていよう。

しかし、大々的にとはいかない。助八の言った〝相手に覚られちゃならねえ〟が、同心たちのあいだでは、言わずもがなのこととして胸中にある。

それに、それぞれが手持ちの岡っ引を動員することはできない。岡っ引たちで右善を知っているのは、かつて右善が担当した四ツ谷界隈の岡っ引たちだけである。

「ともかくわれらの目だけで、捜そうではないか。崩れた顔の右善さんを」

同心溜《だま》りの一同はうなずきを交わし合った。

さっそくその日の午前《ひるまえ》である。

「お菊どのが来れば、焦《あせ》らずにと言っておいてくれ」

と、竜尾に言い、右善は療治処を出た。

離れでの談合のあと、権三と助八は、湯島切通《きりどお》しの坂を上らねばならないという年寄りの患者を乗せ、そのまま近辺の町場でながしの仕事に入った。

その二人と、外で待ち合わせているのだ。

けさ通ったばかりの日本橋南詰の高札場《こうさつば》から脇道に入り、さらに路地を曲がったところに、おもてにまで縁台を出している一膳飯屋がある。昼の時分どきになると、界隈をながしていた駕籠舁きたちの昼めしのたまり場である。

右善が行くと、

「おぉう。来なすった、来なすった」

「さあ、兄弟《きょうでえ》たち。こちらがさっき話した俺たちの町内のご隠居だ」

と、権三と助八は縁台から腰を上げ、右善を同業たちに引き合わせた。

「ほう。もう話は進んでおったかい。ありがてえぞ」

右善が言うと、駕籠舁きたちのあいだから、

「え？　明神下のご隠居たあ、お医者かい」

「いや、えれえ学者の先生かい」

と、声が出た。総髪に絞り袴、筒袖を着こんで腰には脇差を帯びているのだから、

武家の隠居にも見える。

「ともかくご隠居に間違いねえ」

「そんなこと、いちいち訊くねえ」

権三と助八が言い、

「そういうことだ。訊きまわらなくてもいい。おめえさんらの目にする範囲でいい。俺の面《つら》に似たのを見たら、この権三と助八に知らせてもらいてえ」

右善は伝法《でんぽう》な口調で話した。

「ほっ」

と、そこに駕籠舁きたちは親近感を覚えたようだ。

当然、駕籠舁きたちから問いが出た。

「その找す相手ってえのは、ご隠居の兄《あに》さんか弟さんで？　むかし生き別れになったとか」

「まあ、いろいろ事情があると思ってくんねえ」

すかさず助八が応えた。

離れでの打合せどおり、権三と助八は仇討ちの話はしていない。尋ね人として話している。仇討ちなどと言えば、話はたちまち大げさに広まってしまうだろう。仇討ちを承知で慎重に探索する奉行所の同心たちの動きに、かえって支障が出てしまう。

「そういうことだ」

と、右善はまた言い、

「いまはどんな暮らしをしているかわからねえ。場合によっちゃ、找しているのを勘付かれると、逃げられてしまうかもしれねえ。相手はなかなか腕っぷしのいいやつで、浪人者に化けているかもしれねえし、路傍《ろぼう》の鉢開《はちひら》きになっているか、それともなにかの行商人を扮《こしら》えているか……。そこを胸に収めておいてくんねえ。ともかく儂の面《つら》を崩したようなご面相と思ってくんねえ」

伝法な右善の口調に、駕籠舁きたちは得心したように、碗や箸を持つ手をとめ、右善の顔をまじまじと見つめた。

右善はさらに言った。

「手はじめに、きょうの昼は、儂のおごりとさせてもらおうかい」

「おーっ」

駕籠舁きたちは歓声を上げた。

ここでおごるのは、うまく見つけ出せば、相応の駄賃《だちん》の出ることを示唆《しさ》している。

だが右善はそれを口にしない。報酬よりも、駕籠舁きたちの人情に頼ったのだ。そのほうが、話はおもてになりにくい。

権三と助八はゆっくりと箸を動かし、右善もそこで昼をすませ、駕籠舁きたちの顔ぶれが代わると、そこでまたおなじ話をくり返した。

いずれも、感触は上々だった。

六

その次の日も、また次の日も、右善は午近《ひる》くになると出かけた。場所を変え、権三と助八の旗ふりでおなじことをくり返した。

「江戸の町にゃあ、駕籠舁きたちのたまり場がこうもあちこちにあったのか」

と、かつて隠密廻りだった右善が気づかなかったほど、各所に点在していた。それがまた川向こうの本所《ほんじょ》、深川《ふかがわ》にも及んだ。

一月《ひとつき》ほども毎日つづければ、およそ江戸の町を網羅《もうら》するところとなり、ときには、

「あれ、ご隠居。こっちにも出張《でば》りなすったかい」

と、二度目、三度目に会う顔もあった。

外出から帰って来ると、右善は自分で三里《さんり》に灸を据えた。

これには竜尾も、

「ようやりなさいますねえ」

と、感心していた。

その一方において、右善は鍼師への修行と竜尾への手伝いは怠らなかった。

お菊も幾度か明神下に来た。

「奉行所の同心たちも、秘かに找していてくれてなあ」

と、右善が話すと、駕籠舁きたちの人情も合わせ、目に涙を浮かべた。奉行所の定町廻り同心と駕籠舁きたちが目を光らせせば、それは江戸全域にわたり、見落とすことはないだろう。

しかし、残暑はまったくなくなり、秋風を感じはじめるとかえって、

(これだけ找しても見つからぬということは、江戸にはもう……)

思いがふと込み上げてくる。

そのような一日だった。

「だ、旦那ア。いやした、いやしたぜ」

「こら、権《ごん》よ。大げさに話しちゃいけねえぜ」

空《から》駕籠を担いだまま療治処の冠木門に走りこみ、前棒の権三が叫んだのへ後棒の助

八が駕籠をうしろへ引っ張るように言った。

患者に鍼を打つ手伝いをしていた右善は、

「ご免！」

と、療治部屋を出るなり駕籠舁き二人を裏手の離れにいざなった。

「なんだね。右善さん、どうしなさった」

「ああ、右善さんがあの二人にちょいと人找《ひとさが》しを頼んでいなさってね」

患者が言ったのへ、竜尾は軽く返した。

「なるほど。駕籠舁きならあちこちに行くからねえ」

患者たちは得心したが、竜尾の心は逸《はや》った。さっきの〝いやしたぜ〟の叫びが、療治部屋にも聞こえていたのだ。

離れの部屋で、権三と助八は交互に言った。

江戸城の北側になる小石川《こいしかわ》界隈をおもに走っている同業が、

「似たのがいる。浪人で、小さな手習い処を開いておるぞ」

と、権三と助八に話したのだ。

浪人……脈はある。

療治に一段落をつけた竜尾が、

「すぐお菊さんに知らせましょう」

言ったが右善は、

「いや、待て」

と、待ったをかけ、権三と助八にも、

「騒がぬように」

と、釘を刺し、その足で常盤橋御門の北町奉行所に向かった。

同心たちはまだ退出していない時分である。

奉行所に入ると与力の一人が右善を見つけ、

「いよう、久しいじゃないか。うわさは聞いておるぞ」

と近寄り、言った。

「仇討ちの助っ人をしているとはそなたらしい。俺たちも合力してな、配下の同心たちには探索の便宜を図っておる。それがまたお奉行の耳にも達してな」

「えぇっ」

右善は驚いた。与力の話はつづいた。

「ほれ、そなたも知っておろう。こたび老中《ろうじゅう》首座に就かれた松平定信《まつだいらさだのぶ》さま。謹厳実直なお方で、城中でしきりと文武両道を推奨《すいしょう》なされておいでだそうな。そこへ仇討ちの話が成就《じょうじゅ》してみろ。それこそご政道に適《かな》うことだと、同心たちへの便宜はお奉行からのご下命なのじゃ。よって、おまえの古巣の隠密廻りも動いておる」

「なんと！」

いっそうの驚きである。

「なあに、案ずるな。奉行所の合力はおもてにはせぬ。おもてにしたのでは、せっかくの仇討ちも価値が下がるでのう」

与力がなおも言ったのには、右善にはホッとするものがあった。隠密廻りだけでなく、定町廻りもそれはじゅうぶんに心得ているはずである。

右善は安堵し、

「実は……」

と、小石川の話をした。

「さすがはそなたじゃ、駕籠舁きを使嗾《しそう》するとは」

と、与力は小石川一帯を担当する定町廻りを与力部屋に呼んだ。むろん、右善のよく知っている後輩の同心である。

右善は詳しく話し、後輩の同心は、

「ならばさっそくに」

と、その場から発った。

帰りしな、与力は言った。

「そなたに似た男ということで、お奉行も苦笑しておいでじゃった。ともかく期待しておるぞ。ご政道のためもあるが、そやつの面も見てみたいものじゃ」

右善は奉行所の正面門を出るとふり返り、つぶやいた。

「ご政道のためでも、お奉行のためでもござんせんぜ」

だが、奉行所を挙げての合力は、ありがたいものに違いはなかった。


翌日、夕刻だった。右善に来客があった。

「ほう。おぬしが来たか」

と、後輩の隠密廻りだった。道具箱を肩に、大工の職人姿を扮《こしら》えている。肩か腰の痛みの療治に来たように見える。

離れの部屋で、隠密廻りは言った。

「確かに顔の輪郭が似ており、歳も五十を過ぎたようすでしたが、お尋《たず》ねの瀬島伝内ではありませなんだ。本橋宗次郎《もとはしそうじろう》という上州浪人で、子供相手の手習い処を開いておりますが、書の達人で収入はそのほうから得ているという仁《じん》でございました。しかも二十年も前から小石川に住みついているとか。それがし確認しましたゆえ、間違いはございませぬ」

「ふむ」

右善は静かにうなずかざるを得なかった。

「あと二、三件、定町廻りが浪人や無宿者を見つけたとのことですが、いずれも歳が合いませぬ。いましばらくお待ちくだされ」

隠密廻りは慰《なぐさ》めるように言い、道具箱を肩に療治処を出た。

それを待ちかねていた竜尾も話を聞くと、

「さようでございましたか。お菊さんに知らせなくてようござんした」

と、肩を落とした。

ようすを訊きに来た権三と助八が、

「なあに、まだまだ。わしら駕籠舁きの力を信じてくだせえ。なにしろ仇討ちでごさんすからねえ」

「ほれ、権《ごん》よ。そう仇討ち仇討ちと言わんほうがいいんじゃねえのかい」

と、実際に〝まだまだ〟といった表情になったのが、逆に右善と竜尾を勇気づけ、

「そのことを、お菊さんに伝えておきましょう」

竜尾は言ったものだった。

七

十日ほどが過ぎた。

「いやしたぜ」

と、また権三と助八が、空駕籠で療治処の冠木門に走りこんだ。こんどはまえのように大声ではなく、むしろ抑え気味だった。そこにかえって右善は期待を高めた。ふたたび裏の離れの部屋である。

権三が言った。

「きょう、お客を乗せて川向こうの深川まで行ったんでさあ。するとそこの同業が、いまから俺たちへ知らせに明神下まで行こうかと思っていたところだったと」

「ほう」

「歳なら五十がらみの浪人者で、四、五年めえから土地《ところ》の店頭《たながしら》一家の用心棒に入り、いまじゃ一家の相談役みてえないい顔になっている野郎がいるとかで。いえ、いい顔とは顔かたちのことじゃござんせん。顔そのものは、このめえ昼めしをおごってくれたご隠居の面相を崩したような……と」

助八がつづけて言った。

こんどこそ脈がありそうだ。

店頭というのは、大きな寺社の門前など繁華な町で飲食や岡場所などから用心棒代として見ケ〆料《みかじめりょう》を取り、合わせて町の治安も護《まも》っている、いわゆる町々の顔役のことである。

さらに二人が言うには、

「その野郎、瀬上伝次郎《せがみでんじろう》とか名乗っていやがるようで、似てるじゃねえですかい」

「ふむ」

右善はうなずいた。敵は瀬島伝内である。

「その野郎、敵持《かたきも》ちか凶 状持《きょうじょうも》ちらしいですぜ」

「そういううわさもあるとのことで」

権三が言ったのへ、助八が補足するようにつないだ。

その店頭は通り名を鬼十《きじゅう》といい、永代寺門前仲町《えいたいじもんぜんなかちょう》にねぐらをおいているという。

「うっ」

右善はうなった。名は知っている。門仲《もんなか》の鬼十だ。

そこは深川でも一等地の繁華な門前町である。店頭のなかでも、相応の勢力を張っており、当然子分の数も多く、腕の立つ用心棒の数人は抱えていよう。

そこにもぐりこんでいる。こたびは当たりかもしれない。敵持ちとか兇状持ちなどというのは、そやつの日ごろのふるまいから出たうわさだろう。そのほうがむしろ討ちやすい。

だが、鬼十一家に限らず、やくざ者のなかにもぐりこんでいるとは、対手の日常を調べ、緻密《ちみつ》な策を立て、慎重に対処しなければならない。門前仲町に乗りこみ、お菊が名乗りを上げ右善が助太刀し、それで果たせるというものではない。背後にいるのは無頼《ぶらい》の徒《と》である。名乗りを上げたとたん、たちまち鬼十一家の者どもに取り囲まれてしまうだろう。下手《へた》をすれば、鬼十一家そのものを敵にまわし、お菊の身まで危うくなる。

その日、陽はまだ高かった。

右善は出かけた。北町奉行所である。念のため、先日の隠密廻りに〝瀬上伝次郎〟の身辺調査依頼である。

筋違御門を抜けた。橋の内神田側が火除地の広場になっており、そこから神田の大通りが日本橋まで延びている。広場は両国広小路《りょうごくひろこうじ》のように物売りや大道芸人が出て、

人通りもけっこう多い、そのなかに歩を進めているとき、

「父上」

不意に声をかけられた。善之助だ。

「ここで会えてようございました。いまお尋ねするところだったのです」

と、深川の駕籠舁き仲間が、権三と助八に声をかけたのと似ている。

右善は息子の善之助に、明神下に訪ねて来ぬよう言っている。粋な小銀杏の髷で着ながしに黒羽織、大小の落とし差しとなれば、誰が見ても八丁堀の同心とわかる。その姿で〝父上〟などと療治処に来たのでは、たちまち右善の前身は明神下界隈に知れわたってしまうだろう。町の住人も自身番も気を遣い、また期待もし、せっかくの隠居暮らしが息苦しくなる。だから物見《ものみ》には嫁の萌が出向いていたのだ。

その善之助が下男も奉行所の小者も連れず、一人で明神下に右善を訪ねようとしていた。尋常ではない。

近くの茶店で奥の部屋を取り、

「ここから誰か人を呼びに遣《や》らせるつもりでした」

「ふむ。儂もいま奉行所に行こうとしていたところだ」

と、互いの言葉に双方とも用件の内容を察し、座に緊張が走った。

善之助は言った。

「もう一人、深川を担当している同輩も私と一緒に来たがったのですが、きょうはとりあえず私一人で参りました」

たとえ筋違御門手前の火除地《ひよけち》までであっても、八丁堀が二人そろってでは目立つ。そこを善之助は右善に配慮したようだ。

「ああ、あやつか」

と、深川界隈を受け持っている定町廻りなら、右善もよく知っている。なかなかの同心である。

権三と助八の同業が〝瀬上伝次郎〟の存在を知ったのは、深川界隈を担当している定町廻りとほぼ同時だったようだ。

定町廻りはその者の面も実際に見、背景も岡っ引を使って調べさせたようだ。

「藩まではわかりませなんだが上州《じょうしゅう》浪人で、郷里《くに》を出奔《しゅっぽん》したのはほぼ十年前。町での評判は悪く、そやつが瀬島伝内なる敵《かたき》に違いないと、同輩は目串《めぐし》を刺したようです。話を詳しく聞けば、私もそれに間違いはないと思います。したが……」

善之助が急いで知らせに来たのは、右善のようにこたびの仇討ちの困難さを思い、お菊の身を案じてのものではなかった。

「仇討ちは、父上と奉行所とで、綿密に連絡をとりあい、しかるべきときに」

と、奉行所の都合を告げに来たのだ。

永代寺《えいたいじ》の門前町は富岡八幡宮《とみがおかはちまんぐう》の門前町も兼ね、範囲は広い。そこに根を張る店頭は一人ではなく、幾人かが林立し互いに鎬《しのぎ》を削っている。それは右善も知っている。

それがいま、

「一触即発の状態に」

あるという。

なるほど、原因は知らないが、そのようなところへ仇討ち騒動が起こり、衆目のなかに一家の用心棒を一人討ち果たしたならどうなる。暗殺のように秘かに討っても、結果はおなじことになるだろう。それが店頭同士の大喧嘩《おおでいり》の火蓋《ひぶた》を切ることになるのは必定《ひつじょう》であろう。

そこに右往左往しなければならないのは、深川を受け持つ定町廻りだけではない。永代寺と八幡宮の門前町の店頭たちなら、他の門前町の同業たちと、それぞれに兄弟分の盃《さかずき》も交わしていることだろう。それらが助っ人に参じたなら、それこそ江戸中の裏社会の者どもを巻き込む大事《おおごと》に発展するかもしれないのだ。

定町廻り同心のすべてが、連日、捕物装束で捕方を引き連れ、おちこちに出張《でば》らなければならなくなるだろう。当然、児島善之助もそのなかの一人となる。

右善は言わざるを得なかった。

「わかった」

善之助は安堵の色を表情に浮かべた。

右善も用件を言った。

「ともかく、瀬上伝次郎なる者が瀬島伝内かどうかの確証が欲しい。それを頼みに、これから奉行所に行くところじゃったのだ」

だが、それはほぼ間違いないものとなっている。

隠密廻り同心が来たのは、翌々日の午過《ひるす》ぎだった。このまえとおなじ職人姿で、担いだ道具箱の中には脇差が入っている。

離れの部屋に座をとるなり、

「間違いありません」

断言し、さらに言った。

「与力どのの差配で定町廻りとも連携し、慎重に探りを入れております。向後、右善さまとの連絡は、私がいたしますゆえ」

与力の差配とは、奉行の下知《げじ》が出たことになる。善之助と話したときより、奉行所のなかでかなりの進捗《しんちょく》があったようだ。

定町廻りが〝慎重に〟探っているのは、店頭たちの動きであろう。これまでの調べでは、どうやら抗争を仕掛けたのは門仲の鬼十のほうで、他の同業たちを斃《たお》し、永代寺と八幡宮の門前町を独占しようとしているらしい。

ならば、鬼十の用心棒で相談役ともなれば、瀬島伝内こと瀬上伝次郎の存在は一家にとってますます重きを成していようか。仇討ちだけを単独で決行するのは、もはや不可能と言わねばならない。

右善は言わざるを得なかった。

「その儀、承知」

隠密廻りも定町廻りの善之助と同様、ホッとしたような表情になった。

この隠密廻りを色川矢一郎《いろかわやいちろう》といった。

色川の帰ったあと、右善はすぐさま竜尾に頼み、留造を両国に走らせた。お菊へ軽挙を戒《いまし》めるためにも、事情を話さねばならない。

留造の遣《つか》いに、お菊は色めき立った。だが、留造に訊いても事情はわからない。

期待を胸に、お菊が明神下に走りこんだのは、陽がかたむきかけ、療治部屋に患者がいなくなったころだった。

竜尾が逸《はや》るお菊を落ち着かせるように、奥の居間にいざなった。

右善はここ数日の動きを話した。

瀬島伝内に間違いない男が見つかったことに、

「まっことですか⁉」

お菊は端座のままひと膝もふた膝もにじり出た。

だが、門前町の複雑さや、いま危険な状態にあることを語ると、お菊は顔面蒼白になり、わなわなと震えだした。その双眸《め》は、すがるように右善に向けられた。

右善はうなずき、言った。

「打込みは近いぞ」

お菊はうなずきを返した。

抑え切れない興奮を肩に、お菊が権三と助八の駕籠で帰ったあと、竜尾は右善にそっと言った。

「ほんとうに近いのですか」

右善は応えた。

「わからぬ」

二　深川門前町

一

「お菊どの。いま肝心なのはなあ、待つこと。これのみじゃで」

「そう、そうですよ。お菊さん」

訪ねて来たお菊に右善が諭《さと》すように言い、竜尾が念を押すように言った。

右善が〝打込みは近いぞ〟と言った翌々日、お菊がまた竜尾の療治処に来た。

「深川のようすはどうなっておりましょうか」

と、それをお菊は訊《き》きたかったのだ。

無理もない。五年間找《さが》しつづけたのだ。きのう一日、両国の裏長屋で手習いの子供たちを相手にしながらも、心中では〝朗報〟を待ちつづけ、一日千秋《いちじつせんしゅう》の思いだったたのだろう。

右善は再度、諭した。

「いまそなたが心がけねばならぬのは、瀬島伝内に仇討ちの刃《やいば》が迫っていることを、覚《さと》られてはならぬことじゃ」

「そうですよ。覚られ、逃げられてみなさい。あなたの苦難は、また振り出しに戻るのですよ」

竜尾が再度、右善の言葉をつないだ。

お菊はうなずかざるを得ない。

さきほど、いまからでも深川の永代寺門前に、敵《かたき》の所在を確かめに行きたいと言ったのだ。

理はある。お菊は瀬島伝内の顔を知らない。ということは当然、伝内もお菊を知らない。永代寺門前の繁華な大通りで、間近にすれ違っても伝内はお菊に気づかず、お菊のほうは対手《あいて》が右善に似た顔であるため、

(こやつ)

と、見分けることはできるかもしれない。

それでお菊の気が鎮《しず》まるなら、一度連れて行くのもいいかもしれない。

だが、それによってお菊の気がますます高まることにもなりかねない。それにもまして用心しなければならないのは、やはり瀬島伝内に討っ手の迫っているのを、微塵《みじん》も覚られてはならないことである。

逸《はや》るお菊を帰すとき、右善は言った。

「そなたが行くときは、儂《わし》が付き添うで。くれぐれも軽挙はいかんぞ」

「はい」

お菊はしおらしく返事をし、竜尾が冠木門の外まで見送りに出て、留造が両国まで送って行ったものである。

療治部屋で、竜尾は言った。

「憐《あわ》れでなりませぬ、武家の娘とは」

おのれの身にも、経験があるような口調だった。

さらに竜尾はつづけた。

「お菊さんが間違《まちご》うて右善さまに斬りつけたとき以来です。他人とは思えませせぬ」

みょうな理屈だが、

「儂《わし》もじゃ」

右善はうなずいた。

実際に、右善もお菊同様に気が気でないのだ。

これが現役の隠密廻り同心だったなら、みずから深川に潜入し、永代寺門前町の動向を探っているところであろう。だがいまは隠居の身で、老後は揉め事を避け、世のため人のためになろうと、竜尾について鍼師見習いをしているのだ。

だが、待っていた。

せがれの定町廻り児島善之助と、後輩の隠密廻り色川矢一郎からのつなぎである。来た。

色川矢一郎だった。

お菊が訪ねて来た翌日である。

裏庭の隠居部屋で、職人姿の色川は言った。

「ますます難しゅうございます」

お菊の仇討ちの決行が……である。

永代寺と富岡八幡宮の門前町で、最大勢力は門仲《もんなか》の鬼十《きじゅう》こと門前仲町の鬼十一家で、それにつづくのが門前東町を仕切る東の昇五郎《しょうごろう》こと昇五郎一家だった。右善は隠密廻りの現役のころ、川向こうを担当したことがなく、名は知っていてもそれほど詳しくはなかった。

色川矢一郎はその説明に来たのだ。

「鬼十一家と昇五郎一家の縄張のあいだに、子分を数人しか持たない弱小の店頭《たながしら》が幾人かいますが、こいつらは小なりといえど屹立《きつりつ》しているというような殊勝《しゅしょう》なものではなく、西の鬼十と東の昇五郎の緩衝《かんしょう》地帯として、双方から生かされているといった状態でして」

「危《あや》ういのう」

「そう、危ういのです。その危うさが、いま崩れようとしております」

「定町廻りのほうから聞いたのだが、仕掛けているのは鬼十のほうだとか」

「はい、そのとおりです」

「どのように」

「鬼十一家が秘かに弱小の店頭どもを、脅したりすかしたりし、傘下《さんか》に収めだしたのです。そこに昇五郎一家が気づきまして」

「鬼十どもの最後の標的は昇五郎というわけか。なるほど、それじゃ昇五郎どもが指をくわえて見ているはずがないなあ。で、他の町でやつらと盃を交わしている連中に、不穏な動きは？」

「鬼十と昇五郎がまだ直接ぶつかっておりませんので、他の町の連中にはこれといった動きは見られません。しかし、おもてにならぬところでは……」

「だろうなあ。まわりが動かぬまま、永代寺と八幡宮の門前町だけで収められる方途はないのか」

「あればいいのですが。いまは定町廻りが巡回を強め、われわれ隠密廻りが背後を探っているところです。ところで……」

と、色川はきょう来た本題に入った。

「敵《かたき》が深川の門前仲町にいることは、お菊どのの耳にはもう……」

「話さないわけにはいかんだろう。儂に似た顔ではないか。江戸中の駕籠舁き人足たちにも找《さが》してもろうたでなあ」

「で、お菊どののはどのように」

「訊かぬともわかるじゃろ。いまにも飛び出したい気持ちになっておる」

「危のうございますぞ」

「むろん、それは諭《さと》した」

「納得しましたか」

「するもしないも、いまは時期を見なければなあ。いくら気持ちが逸っているとはいえ、その分別《ふんべつ》はある」

「安心しました。お奉行も与力の方々も、この微妙ななかに、是非、本懐《ほんかい》を遂げさせたいものじゃと……」

「申しておいでなのじゃろ。老中の松平定信さまの鼓吹《こすい》されている文武両道に、仇討ちの成就《じょうじゅ》など、まさに合致しておるでのう」

「はい。お奉行の石河《いしこ》土佐守《とさのかみ》さまなどは、与力のお方から聞いたのですが、兄が仇討ちの途上に病死し、跡を妹が継いで奮起し、合わせて十年目に本懐を遂げるなど、武士道の鑑《かがみ》と」

「儂の知らぬお奉行じゃが、つまりおぬしは、きょうは永代寺門前の報告がてら、ご老中やお奉行の意も体《てい》して来たか、ふふふ」

「いえ。お菊どのとやらに本懐を遂げさせたいは、われら隠密廻りも定町廻りも含めた、同心の総意でございます」

色川はきっぱりと言い、

「ご子息の児島善之助どのも、そう申されておいでです。定町廻りではすでに助役《すけやく》で幾人か川向こうに出張っていますが、やがて事態が緊迫すれば、善之助どのもそこへまわられることになりましょう。いまも定町廻りが捕方を引き連れて巡回し、喧嘩をしたり暴れたりしている与太を、かたっぱしから番屋へ引き挙げて小伝馬町《こでんまちょう》送りにし、偶発的に鬼十と昇五郎がぶつかるのを防いでいます」

「ふむ。いまはそれしか手はあるまいが、まるでやつらを助けてやっているようなものだなあ」

右善はうなずくように言い、

「色川よ」

と、後輩の色川矢一郎を厳しい表情で見据えた。

「はっ」

「儂はお菊どのに助太刀し、かならず本懐を遂げさせる。したが、その時期じゃ。あそこに巣喰う与太どもの抗争に火がついてからでは遅い。せっかく瀬島伝内の所在がわかったというに、駈けつけたときには当人がやくざ者に殺されていたでは、泣くに泣けぬゆえのう。さようなことになれば、お菊どのに自重をうながした儂は、切腹ものじゃあ」

「ごもっともで」

「じゃから儂は、やつらが段平《だんびら》を振りまわしはじめるまえに、お菊を連れて一度、現場を見に行くことになるかもしれぬ。むろん、お菊に先走ったことはさせぬ。そのときが来れば、おぬしらに事前に知らせる。だからこれからも、深川の動きは逐一知らせてくれ」

「むろん」

確約するように色川はうなずき、腰を上げ、庭からちょいと竜尾にも挨拶を入れ、冠木門を出た。

二

入れ替わるように、権三と助八が空駕籠《からかご》を担いで冠木門を入って来た。

陽が西の空にかなりかたむいた時分になっている。

「きょうもまた深川のほうまで走りやしたぜ」

「もう仕舞い駕籠で、こちらに御用はありやせんかい」

二人は言いながら縁側に腰を下ろした。

療治部屋の障子の中から竜尾が、

「もうすこし待ってくださいな。頼むかもしれませんから」

言うと、手伝いをしていた右善が障子を開け、

「いまお定さんが、おめえらにお茶の用意をすると奥へ入《へえ》ったぜ」

言いながら出て来て縁側にあぐらを組み、さっそく問いを入れた。

「きょうも深川に行ったかい。で、どうだった、向こうのようすは」

「へへ、訊かれると思って、それを話しに来たんでさあ」

「ほう」

右善はうなずいた。奉行所の役人が探り出せないことでも、駕籠舁きなら土地《ところ》の同業から、うわさを耳に入れたりする。

「危ねえ、危ねえ。いつ店頭一家どもの大喧嘩が始まるか知れたものじゃねえ。あの町の人ら、巻きこまれねえようにびくびくしているぜ」

「それによう、ご隠居。ちょいとみょうなうわさを聞きやした」

権三の言葉に助八がつなぐように言った。それがいかにも奇妙なといった表情だったから、

「えっ。ちょいと裏の儂の部屋へ来ねえ」

と、右善は二人を隠居部屋のほうへいざなった。療治部屋にも待合部屋にもまだ患者がいる。お菊の仇討ちの件はまだ洩れていない。留造とお定はもとより、権三と助八も、人前ではそれを話題にすることはない。さっきの話だけなら、他人が聞いても深川の門前町で与太どもがいがみ合っているくらいにしか思わないだろう。

場所が隠居部屋に移り、三人ともあぐらを組んだ。

「さあ、言ってみねえ。そのみょうなうわさってのを」

「ああ、ご隠居も一度行きなすった、駕籠舁きのたまり場のめし屋でさあ。そこで聞きやしてね」

助八の言うのへ、権三がしきりにうなずいている。権三も現場で話を聞き、奇妙に思ったのだろう。

それはまったく奇妙というより、手の込んだものだった。

繁華な所なら、往来人がよくスリの被害に遭う。神田明神の界隈もおなじである。それが深川の永代寺と八幡宮の界隈に頻発しているというのだ。それだけでは別段、奇妙というほどのことではない。

「それがどうも、スリに狙われるのは東の昇五郎一家の縄張内《しまうち》の旅籠《はたご》に泊まったり料理屋に上がったりした人らばかりらしくって。それでかもしれねえが、昇五郎一家の縄張は験《げん》が悪いってえうわさがながれているらしいですぜ」

「えぇえ！　ほんとうにそうなのか。スリ被害に遭っているのは昇五郎一家のほうばかりってえのは」

「ほんとうらしいですぜ。あそこの同業たちがそう言ってやしたから」

右善は疑問に感じ、権三が言ったのへまた助八がつないだ。

「西の鬼十一家のやつらが、どこかのスリの一味と結託し、東の昇五郎一家の縄張をかきまわして人が近づかねえようにし、干し上げようとしているんじゃねえかって、もっぱらのうわさらしい」

「なるほど、限られた範囲の旅籠や飲み喰いの店の客ばかりが被害に遭ったんじゃ、人は寄りつかなくなり、その町はさびれ、一家の実入りも減るってえ寸法かい。それにしても手の込んだ、まわりくどいことを。それが事実なら許せねえ。スリを町に放つたあ」

「そりゃあそうでやすが、なんでも、店頭《たながしら》の鬼十ってのが、そういうねちねちした野郎らしいですぜ。おもて向きは親分だの貸元《かしもと》だのと持ち上げられていやすが、評判は悪いようで」

「ふーむ」

右善が考えこむようにうなずいたところへ、

「患者さんが帰るので駕籠を」

と、留造が権三と助八を呼びに来た。

「ま、深川はそんなようすでやした」

と、二人はおもてにまわり、駕籠が冠木門を出たあと、

「きょうも里帰りだ。向こう泊まりになるから」

「お菊さんのことですね。よろしゅうお願いしますね」

駕籠を追うように冠木門を出る右善を、竜尾はお菊をまるで自分の身内のように言い、見送った。

色川矢一郎は、小競り合いを起こす与太どもを定町廻りが精力的に引き挙げ、全面抗争を誘発するのを懸命に抑えていることは語ったが、スリの話はしていなかった。気づいていたなら、話したはずである。しかし、権三と助八の言う、鬼十一家がスリの一味と結託しているという話には疑問がのこる。

しかし真偽はいずれにせよ、どこからどう火がついて双方が暴走しないとも限らない。そうなれば、お菊の仇討ちどころではなくなる。

まえに里帰りしたときよりも速足になった。

八丁堀の役宅である。

今宵もこの界隈でまだ灯りのあるのは、児島家の冠木門の中だけとなった。

座敷に右善と善之助、それに色川矢一郎も来ていた。右善に言われ、下男が呼びに行ったのだ。おなじ八丁堀で、役宅はすぐ近くである。もう一人、松村浩太郎《まつむらこうたろう》といっ

た。右善に会いたがっていた、深川一帯を受け持っている定町廻りである。いま北町奉行所で一番忙しい同心は、この松村浩太郎であろう。

奉行所の下知《げじ》は、奉行から与力へ、与力から同心へと下《お》りてくるが、最も大事なのは、現場を担当する同心たちである。同心がその気になるか手を抜くかで、奉行所のお達しは効力を発揮しもすれば骨抜きにもなるのだ。

いま、深川の事態に最も熱心な元同心と現役同心が四人そろっている。右善が座の中心になれば、そこに現役の者たちの縄張意識はなくなる。

「駕籠舁きから聞いたのだが……」

と、右善が語ったスリの話に、

「さすが右善さま、気がつきませなんだ」

隠密廻りの色川矢一郎は言い、定町廻りの松村浩太郎は善之助と顔を見合わせ、

「自身番にいつもより多く、スリに遭ったとの届けは出ておりました。町が乱れはじめているせいかと思っておりましたが」

と、驚きの表情を隠さなかった。

スリを放《はな》って対手の縄張を乱すなど、これまで聞いたことも見たこともないやり口である。

「さっそくあすから、そこに注意してみましょう」

「それがしも」

松村が言ったのへ、色川も即座に応じた。

「双方、互いに合力《ごうりき》するのだぞ」

右善が言ったのへ、松村浩太郎と色川矢一郎は大きくうなずきを見せた。

この夜、右善の話はスリの件だけではなかった。

淡い行灯《あんどん》の灯りのなかで、右善は三人を前に言った。

「儂は早急《さっきゅう》に、お菊に瀬島伝内を討たせることにする」

「えっ」

一同は驚いた。

右善はつづけた。

「深川の外で討つ分には、やつらの抗争に影響は与えまい。なぜそこにいままで気がつかなかったかと、いささか悔《く》いておる。そこでじゃ、おぬしらの仕事を儂がつくって申しわけないが、瀬島伝内が永代寺の門前町から外へ出ることはないか、それを探ってもらいたい」

「はっ。心得ました」

「もとより」

色川矢一郎と松村浩太郎が応えたのは同時だった。

善之助が言った。

「近いうちに、武士道の華《はな》が見られますねえ。お奉行もご老中さまもお喜びなさいましょう」

三

翌朝、竜尾は右善の帰りを待っていた。

きのう権三と助八は縁側で思わせぶりなことを言っただけで、肝心なところは裏の隠居部屋で話し、そのあとすぐ右善も八丁堀に出かけてしまい、竜尾はまだその内容を聞いていないのだ。

「きょうは坂上に往診はないかね」

と、庭から聞こえた声に、竜尾は灸を据えていた患者をお定に任せ、

「どこまで話は進みました？」

と、帰って来た右善を母屋の居間にいざなった。

その話に、竜尾は緊張を覚えた。

右善は開口一番、

「近いぞ」

と、気なぐさめなどではなく、きっぱりと言ったのだ。

瀬島伝内を門前町の外で討つ算段を語り、スリの話には、

「まあ。そんな卑劣な」

と、目を丸くした。

驚きとその卑劣さに憤慨する竜尾に右善は、

「できれば儂も深川に行って、この手でスリどもを押さえたいものだ」

と、現役のころを思い出したか、感慨深げに言ったものだった。

一見して八丁堀とわかる定町廻りや、顔を見知った岡っ引の視界のなかで、稼ぎをする頓馬《とんま》なスリなどいない。だから自然、スリの捕縛は隠密廻りの手になることが多かった。右善もかつて、名うてのスリを幾人か挙げたことがある。

その話が一段落し、またいつものように右善も代脈のそのまた見習いとして療治部屋に入ってからすぐだった。すでに陽は東の空にかなり高くなっていた。

奉行所の小者が右善を訪ねて来た。六尺棒を持ったり、そろいの半纏《はんてん》を着たりして

いるわけではないから、傍目《はため》には奉行所の者とわからない。

善之助からの遣《つか》いだった。

庭に下りた右善に、小者はそっと耳打ちするように言った。

「児島善之助さまが、きょうから深川に投入されることになりました」

右善は大きくうなずいた。

おそらく善之助や色川矢一郎、松村浩太郎らが奉行所に出仕するなり与力をせっつき、朝一番に深川のスリの件が話し合われたのだろう。

小者はそれだけを告げに来たのだった。


翌日、お菊がまた来た。

いまではすっかり右善を頼り切っている。というより、裏社会のようすに詳しい熟練の元隠密廻り同心に頼らなければ、本懐を遂げられない状況にあることを理解しているのだ。

だが、敵《かたき》の所在がわかっているとなれば、かえって気が焦るのであろう。奥の座敷で、お菊は右善と竜尾に言った。

「敵の顔を、この目で確かめておきたいのです。せめて、その者が住んでいる町のようすだけでも」

竜尾は右善と顔を見合わせ、かすかにうなずきを示した。北町奉行所の定町廻り同心と隠密廻り同心が秘かに瀬島伝内の日常を探り、門前町の外に出たときに仕掛けるという手段を話し、

『いましばし待て』

と、自重をうながすものと竜尾は思ったのだ。

ところが右善は言った。

「よかろう。儂も一緒に行こう」

「えぇえ！」

竜尾はふたたび右善に視線を向けた。

右善は権三と助八からスリの話を聞いたときから、

(町のようすを、一度確かめておきたい)

と、思っていたのだ。

いい機会である。

だが、やはり右善は諌《いさ》めた。

「いいか。瀬島伝内の面《つら》を確かめようと、決して無理をするでないぞ。そなたの刃《やいば》の

迫っていることを、断じて覚られてはならぬゆえなあ。行くのはあすじゃ。伝内の巣喰っている町のようすを見るだけでも、可《よし》とせよ。行くとき、懐剣を所持してはならぬ。町娘を扮《こしら》えるのじゃ」

「はい」

お菊はうなずき、あすの時間を約束し、嬉しさのなかにも緊張を帯びた表情でこの日は帰った。

見送ってから、竜尾は不満そうに言った。

「いいのですか。門前町の外で討つ策を話せば、お菊さんも焦《あせ》ることなく、その機会を待つでしょうに」

「いや、そうではない。その策はまだ話せない。話せばかえって待ち切れず、自分で探ろうと一人で行ったりすれば、なにが出来《しゅったい》するかしれんぞ。両国から深川は、ほんの川向こうで近いゆえなあ」

「あっ」

竜尾は納得の声を洩《も》らした。

療治部屋ではまったく師匠と見習いの弟子だが、鍼を離れれば立場は入れ代わる。

事態が仇討ちの助太刀で、しかも裏社会が複雑に絡《から》み、奉行所まで動いているとなれば、なおさらである。

　きょうの療治を終え、奥の居間で夕餉《ゆうげ》の時分となった。

　留造とお定は、この仇討ち騒動を事の起こりから見ている。

「右善さん、ほんとうにお菊さんの敵《かたき》と命のやりとりをなさるかね」

「わたしら、心配ですよう」

　留造が言ったのへ、お定はつづけた。二人ともほんとうに心配そうな顔になっている。竜尾も心配を口にした。あしたへの懸念である。

「敵は右善さんに似ているのでしょう。ならば向こうが右善さんを見て、気づくようなことはありませぬか」

　竜尾はもう、お菊のことになれば親身になる。

「ははは、取り越し苦労じゃ。伝内なる者は儂の存在もお菊さんの顔も知らぬ。案ずることはない。心配なのは、そのときのお菊さんの振るまいじゃ」

　言っているとき、玄関に訪《おとな》いの声が入った。

　道具箱を担いだ、職人姿の色川矢一郎だった。

　右善はまだ夕餉の途中だったが、座を裏の隠居部屋に移した。居間を出る右善を留造とお定は心配そうに見送ったが、竜尾は、

（なにか進展が）期待を持った。

隠居部屋に腰を据えるなり、色川矢一郎が開口一番に言ったのは、進捗《しんちょく》のあったことを示唆《しさ》していた。

「松村が直接、右善さまに知らせたいと言ったのですが、善之助どのがあそこに八丁堀姿で行くのは厳禁だ、俺もまだ行ったことがないと話し、それで結局、私が来ることになりました」

「ほう。で？」

よほど知らせたいことがあるようだ。それに、定町廻りと隠密廻りの連携もうまく行っているようだ。色川は語った。

「やっこさん、いい歳して、外に女がいました」

「ほう」

理想的である。

「で、どこまで調べた？」

「浜町《はまちょう》の大神宮の裏手に小さな岡場所があり、そこに瀬上伝次郎が馴染《なじ》みをつけている女がいまして」

「ほう。ほうほう」

右善は愉快そうに返した。その岡場所は色川の言ったとおり、小ぢんまりとして周囲から隠れるように存在しており、

『ああいうところは、挙げないほうがかえっていい』

と、定町廻りも隠密廻りもお目こぼしにしている所である。図に乗って派手に拡張などしはじめたなら挙げなければならないだろうが、岡場所のほうでもそのあたりの呼吸は心得ている。

しかも浜町といえば、永代寺から大川（隅田川）の永代橋を西岸に渡り、掘割に沿って海側の町場に入ったところにある。近いが永代寺門前町からは大川をはさみ確実に離れることになる。右善の表情が愉快そうになったのはこのためだった。

「かつては瀬上、ではなかった瀬島伝内め、そこに幾日も居つづけたこともあるらしいのですが、さすがにいまの緊迫した状況じゃ鬼十に言われたのでしょう。ほぼ三日おきに出向き、それも朝方に行っては午過《ひるす》ぎ、陽のかたむくまえには永代寺の門仲に帰るそうです」

「ふむ。いつ東の昇五郎一家との喧嘩《でいり》が始まるかわからないからだな。で、こんどやつが浜町に行くのはいつだ」

「きょう行きましたから、三日後」

「ふむ」

右善は緊張を帯びたうなずきを返した。

具体的な決行の日が、見えてきたのだ。

四

しかし、楽観はできなかった。

「それに、スリの件ですが」

と、色川の話はまだあった。

「どうやら駕籠舁きの言ったように、やはり鬼十と結託しているように思われます。つまりスリの元締が堂々と鬼十の縄張内に一家を張り、兄弟分のようなつき合いまでしております」

「うーむ」

色川がまだ解《げ》せぬといった口調で言ったのへ、右善も同様に首をかしげた。

スリには一匹狼のような者もいるが、元締の下に幾人かが集まって一群をなし、それによって店頭や香具師《やし》のように縄張を形成している。だが、店頭や香具師と結託することはない。それがどうやら結託している。

「ますます許せぬなあ、その鬼十という店頭。しかし、つるんだスリの一味とは、どんなやつらだ」

「それも探索しました」

「ほう」

「右善さま、驚かないでください」

「ん？」

部屋の中がかなり暗くなり、母屋のほうから留造が火種を持って来て、

「師匠に言われやしてね」

と、行灯に火を入れ、すぐ退散した。竜尾はかなり気を遣っているようだ。

灯りの入ったなかに、色川矢一郎の話はつづいた。

「覚えておいででしょう。右善さまが挙げなさった不動《ふどう》の祥助《しょうすけ》」

「うっ」

右善は声を上げた。

鮮明に覚えている。

七年ほどまえだった。

芝《しば》の増上寺《ぞうじょうじ》門前の大通りだった。右善は裕福そうですこしのんびりとした武士の風情《ふぜい》を扮《こしら》え、目串《めぐし》を刺していた女スリを誘いこもうと、その視界のなかをゆっくり歩いていた。そこへ思いがけない方向から近寄りすれ違った男が、鮮やかに右善の紙入れを抜き取り足早に去ろうとした。

瞬時、

（——神業！）

右善は思った。

そのせいもあった。

つぎの瞬間、紙入れを手にしたまま足早に去ろうとする男の右手首に峰打ちの素《す》っ破《ぱ》抜《ぬ》きをかけた。だが、男の手さばきの鮮やかさとそのあとの足の速さが、右善の手許を狂わせた。刃を返す余裕もなく、男の手首を切断してしまったのだ。男の右手は右善の紙入れを握ったまま、地面にころがった。

それが不動の祥助だった。そのとき祥助はスリの同業たちに知られた一匹狼で、面《めん》が割れておらず背に不動明王の彫り物があることだけが判っていた。それで通り名が

〝不動の祥助〟である。

面が割れていなかったのは、お縄になったのがこのとき初めてということになる。

それの手首を切断……。

（――酷《むご》いことをしてしまった）

右善は思わざるを得なかった。

スリの刑罰とは奇妙なもので、証拠がないからという解釈なのか、それが三十回目であろうが五十回目だろうが、お縄になったのが一回目のときは敲《たた》きだけで解き放ちになり、二回目が入墨《いれずみ》、三回目が所払い、四回目で死罪となる。

不動の祥助は名人であり、これまで切った巾着《きんちゃく》は数知れないだろう。だが、御掟《ごじょう》では奉行所の正面門の前で百敲きになり、それで放免である。

そのとき祥助は右手首を切断されたことでもあり、敲きを免ぜられ、傷が癒えると放免になった。同輩は、

「――気に病むな。これでやつはもうスリはできぬ。このさき回を重ねて死罪になることを思えば、かえってやつのためではないか」

言ってくれたが、右善の気は晴れなかった。

放免になる日、牢屋敷の門前で、祥助の縄を解いたのは右善だった。

そのとき祥助が右善を睨んだ目は、

(——旦那、酷《ひど》すぎやすぜ)

などといったものではなかった。

憎悪そのものだった。

「やつはあのあと、行《ゆ》く方《かた》知れずになったが、どこでどうしておったのかのう。右手首がないというのに、またスリを?」

「直接やっているわけではなく、配下を五、六人率《ひき》いて、その元締になっていました。いずれかでスリの心得のあるやつらを集めて名人の手口を教えこみ、一家を成して鬼十と組み、鬼十一家が永代寺と八幡宮の門前一帯を手中にすれば、そこを不動一味の縄張として稼がせてもらうとの款《かん》を結び、それで昇五郎一家の縄張を秘かに攪乱《かくらん》している……と。おっと、これは私の推測ですが、松村やそれに善之助どのも、おなじ考えです」

「ふむ。スリの一味をあげ、店頭の昇五郎一家の縄張ばかりで凌《しの》ぎをやってやがるとなれば、おそらくそういうところだろう。鬼十も祥助も許せぬ。それで、ねぐらが判っているのに、まだ一人も挙げていないのか」

「そのことです。いずれ一網打尽にと。その日まで、スリどもに凌ぎをさせないように、善之助どのら定町廻りが巡回を厳にしております」

「それでよい。差配の与力どのたちも、それを可とするだろう。一人だけ引き挙げたんじゃ、かえって他の者どもを逃がすことになるからなあ」

　右善は言い、

「ともかく、一網打尽のまえに仇討ちの助勢をさせてもらうぞ。あと三日だ。そのあいだ、おまえたち現場に出ている者たちで、与力どのに性急な下知を出させぬよう、うまく制御《せいぎょ》してくれ」

「承知」

　二人は行灯の灯りのなかに、慥《しか》と視線を交わした。

「それになあ、実はあした、お菊どのの気を落ち着かせるためにも、その門前町に同道するぞ」

「えっ、それはいけません。落ち着かせるよりも、かえって危《あぶ》のうございますぞ」

　即座に色川は返した。もちろんその懸念は右善にもある。

　瀬島伝内は〝右善の顔を崩したような面相〟なのだ。お菊が見てもひと目でわかるだろう。門前の大通りで、出会う可能性はないとは言えない。やはりそのとき、お菊の心境を思えば、突発的な事態が起こるやもしれない。それが門前町全域の騒擾《そうじょう》にも発展しかねないのだ。

だから右善はこれまで、お菊をなだめて来たのである。

「したが、いまのそなたの話を聞き、予定を変えた」

右善は言った。不動の祥助の存在である。もし祥助が右善を目撃したなら、七年まえ牢屋敷の門前で解き放ちになるときの、右善を睨んだあの目つきを思えば、そのほうこそ突発的な事態に発展しかねない。

「決行の日時は決まった、三日後にな。あしたは、その舞台を下調べする日とする。案ずるな。永代橋は渡らぬ」

「はっ。くれぐれもそのように」

色川矢一郎は、あぐら居のまま両の拳《こぶし》を畳についた。

その姿にも、当人はむろん、松村浩太郎や善之助らの、こたびの事態に対する心意気を右善は見た。

そのころ、永代寺門前仲町の鬼十一家のねぐらでは、店頭の鬼十と不動の祥助が酌《く》み交わしていた。部屋には二人のほか誰もいない。

祥助は左手でゆっくりと盃を口に運び、言った。

「標的は八丁堀だ。助《す》けてくれやすねえ、親分。そのために俺は手下どもを引き連れてここに移り住み、親分に助っ人をしているのでやすから」

「わかるぜ、不動の。おめえをそんな体にしちまった野郎を、恨む気持ちがよう。まあ、大船に乗った気持ちでいろやい。ともかく東の昇五郎に消えてもらってからだ。そうすりゃあおめえの手下どももここで心置きなく凌ぎができ、おめえも恨みを晴らし、万々歳とならあ。それまで、八丁堀の定町廻りどもがちょろちょろしてうっとうしかろうが、挙げられねえよう、用心して働いてくんねえ」

手首から先がなく、白い布に包まれている祥助の右腕を見やりながら、鬼十は応えた。

「ふふふ。いまは手下どもの一人たりとも、番屋に引き挙げられちゃなりやせんからねえ。見まわりの目のあるところじゃ絶対にやるなと、毎日、注意してまさあ」

祥助は返した。

鬼十も祥助も、目につく定町廻りだけでなく、隠密廻りまで町に入っていることには気づいていないようだ。

祥助はまた左手で盃をあおり、

「酷《ひで》えぜ。野郎に捕まった瞬間、いきなりこれだもんなあ。百敲きは免れやしたが、血も涙もねえとはこのことさ」

手首のない右腕を前に突き出し、ふりまわした。

つまり不動の祥助は、門仲の鬼十一家にぶらさがって自分の縄張を確保しようとしているだけでなく、右善への報復の助役《すけやく》も鬼十に依頼していたのだ。

右善は隠居をして八丁堀の役宅を出ているが、それは報復を仕掛ける段になって調べれば、すぐにわかることだろう。

五

陽が昇ってから間もなくである。

「それじゃお師匠、患者さんたちに知らせておきますじゃ」

留造に見送られ、右善と竜尾は療治処の冠木門を出た。

昨夜、色川矢一郎が帰ってから母屋の居間でその内容を詳しく話し、右善はお菊に付添うのは自分一人でじゅうぶんと言ったのだが、竜尾は、

「――右善さまは、お菊さんの一途《いちず》な存念が理解できておりませぬ。仇討ち本懐の日

が迫れば迫るほど、気は焦るものです。永代橋を眼前にし、短慮に逸《はや》ることも考えられます。橋の上でお菊さんと揉み合いになればどうしますか。やはりわたくしもついて行きます」

と、肯《き》かなかったのだ。

(――まったく女というものは、わからぬものだわい)

と、右善は心中に苦笑し、そこで竜尾も同行することになったのである。

薬籠を持たず、右善と竜尾が一緒に出掛けるのは初めてのことだ。

念のためである。伝内と似ているという右善は、脇差を帯び笠で顔を隠した。

神田の明神下から永代橋や浜町へ行くのに、両国はちょうどその途中になる。

瀬島伝内が門前仲町から永代橋を渡り、浜町に出向くのはあさってである。双方は無言だった。

竜尾は心配であった。筋違御門の橋を渡り、人出でにぎわう火除地の広場を抜け、神田の大通りに入ってから、ようやく口を開いた。

「右善さま、瀬島伝内なる者の腕が、気になりませぬか」

「ん？　あはは。竜尾どのは病《やまい》の証《しょう》を立て、鍼を打つのは達人でも、命のやりとりをするときの心理はわからぬようじゃのう」

「えっ。そうですよ、命のやりとりですよ。右善さまはそれをなさる。止《とど》めを刺すのはお菊さんでも、それができるようにするのは右善さまでしょう。最初に刀をとって向かい合うのは、右善さまではありませぬか」

「そうなるのう。むろん、儂はまだ瀬島伝内の力量が、いかほどのものかは知らぬ」

「そんな暢気《のんき》なことを。腹が立ちます。あさってではありませぬか」

歩を踏みながら話している。

「そこじゃよ、肝心なのは」

「え？」

「つまりだ、あさってがわかっているのは、われわれだけだ。向こうはそれがわからぬ。わからないどころか、意にも介しておらんだろう」

「そりゃあ、いきなりお菊さんが名乗りを上げるのですから」

「そうじゃ。そのとき、そやつの心理を想像してみよ」

「仰天《ぎょうてん》するでしょう」

「最初からその気で心の準備をしている儂と、ただ仰天し狼狽《ろうばい》する対手と、精神的にどっちが有利だ」

「あっ、わかった。でも……双方、刀を抜いて向かい合い……」

「そこよ。きのうから儂は、ずっとそのことを考えてきた。いまもなあ」

「どのように」

竜尾は心底から右善を心配している。自分も短刀を手に、助太刀しようかと、昨夜は真剣に思った。いまもそうである。

右善は竜尾の懸念に応えた。

「剣技というものはなあ、竹刀《しない》でも木刀でも、むろん真剣ならなおさらじゃ。構えて向かい合えば、その瞬間に対手の力量が判るものじゃ」

「そ、そりゃあ……。だから心配なのです」

「ふふふ、竜尾どの」

「は、はい」

大八車とすれ違った。車輪の地面を嚙《か》む硬い音が背後に過ぎて行く。

「立ち合《お》うてなあ、儂が即座に不意打ちのように打ちかかったなら、瀬島伝内の腕が儂より勝《まさ》っているか、互角だということになる」

「そんな、危ない。あぁぁ」

思わず竜尾は声を上げ、小石につまずき、数歩、前によろめいた。

「おっと、危ない」

右善はその肩を支え、さらに言った。

「ああ、危ない。だからじゃ。対手がそうであれば、そやつが狼狽し隙《すき》だらけになった瞬間に、勝敗を決めてしまわにゃならん」

「そんな」

「ふふふ。騒ぎに野次馬が集まって来ても、まだ立ち合うているようなら、儂のほうに分《ぶ》があると思い、安心して見ていていいぞ」

「ですが、油断なさっては……」

「むろんじゃ。対手がどうであれ、油断などせぬわ」

「……でも」

竜尾の不安は消えない。なにしろ、命のやりとりなのだ。

お菊の長屋は留造から詳しく聞いている。

人に訊《たず》ねることなく、行きついた。

お菊は町娘を扮《こしら》え、待っていた。

ひと間しかない部屋の中は、若い女の住まいにしては殺風景だった。

すり切れ畳に上がり、昨夜、色川矢一郎が伝えた、瀬島伝内が三日置きに永代橋を

渡り、浜町の岡場所に出向いている話をした。お菊は顔色を変え、みるみる落ち着きを失い、

「いまから！」

と、かたわらに置いていた懐剣をつかんだ。

「落ち着けいっ」

右善は一喝《いっかつ》した。

お菊は戸惑いを見せ、おとなしくなった。

右善はつづけた。

「よって、きょうは永代寺の門前町に行くのではなく、永代橋の西たもとから浜町まで歩き、そなたが名乗りを上げる場所を定める。よいな」

「は、はい」

お菊は返した。緊張のあまりか、かすれた声になっていた。

狭い三和土《たたき》に下り草履《ぞうり》を履いたお菊に、右善は強い口調で言った。

「懐剣は、持っておらぬな」

「はい」

「すべては、あさってですからね」

竜尾もお菊に、念を押すように言った。

「心得ております」

お菊はうなずいた。

部屋を出た。長屋の路地でも、右善は笠で顔を隠した。

手習いの子供以外に、お菊の部屋に来客は珍しい。そこへ、一人は笠を着けていても、一見して人品賤《いや》しからざる男女が迎えに来て、お菊が真剣な表情で二人について行く。

長屋の住人は、お菊の江戸住まいの目的を知っている。感じるものがあったのか、部屋からおかみさん二人が路地へころげるように出て来て、

「お菊さん、もしや！」

「いよいよ！」

言った。

まずい。

「おほほほ、そんなんじゃないですよう。ねえ、お菊さん」

竜尾が笑顔をつくってふり返り、

「あははは、さよう」

右善も笠の中から声をながした。

お菊は、長屋の住人にも件《くだん》の似顔絵は見せているはずである。右善がここで面をさらしていたなら、長屋は大騒ぎになっていたかもしれない。

おもて通りに出た。右善のうしろに、竜尾とお菊がつづいている。傍目には、絞り袴に筒袖、さらに脇差を帯び笠をかぶった右善のいで立ちから、武家の隠居に随《したが》った嫁か女中のように見えていることだろう。

三人は無言で歩を踏み、繁華な両国広小路を抜け、大川西岸の土手道に入った。十八丁（およそ二粁《キロ》）ほど下流が永代橋である。

土手道といえど、永代橋と両国橋のあいだである。大八車や行商人などが点々とつながっている。

川風に吹かれながら、お菊がぽつりと言った。

「永代寺門前のお話を聞いたあと、わたくし、このあたりまで一人で来たのです」

これには右善も竜尾もドキリとした。

すぐに右善が、前を向いたまま言った。

「引き返したのだな」

「はい」

「それはようございました」

竜尾もホッとした声を川風にながした。

ふたたび三人は無口になった。

永代橋に近づくと、その先はすぐ江戸湾であり、川風も潮の香を乗せている。

「さてと」

西たもとに、三人は足を止めた。

橋板を踏む大八車の車輪や下駄の音が、大きく響いている。百二十八間（およそ二百三十米《メートル》）もある長い橋である。

まっさきに言ったのはお菊だった。

「この橋で、この橋の上で待ち伏せて」

「あははは、お菊どの。それはなりませんぞ」

右善は笑いながら言った。

「なにゆえ、なにゆえですか。こんな、格好の場はありませぬ」

これには竜尾も同感だった。右善がなぜ反対するかわからなかった。

右善はゆっくりと、

「この地形を見よ。まずい」

すぐ近くの建物と、対岸の東たもとのほうを、笠をかぶったままあごで示した。

永代橋の西たもとには御船手組《おふなてぐみ》の御船蔵《おふなぐら》と船番所《ふなばんしょ》があり、東たもとには御船手組の組屋敷がある。いわば永代橋は、御船手組の中庭のようなものである。

すなわち、町方の手が入りにくい。そのような橋の上で騒動を起こせば、船番所から番人が飛び出して来るのは必定《ひつじょう》である。討ったあと、死体の処理も、お菊と助太刀の右善の身柄を預かるのも船番所となる。それが右善には、

（まずい）

のである。

町場なら、関与するのは町奉行所が管掌《かんしょう》する自身番となる。

そのとき、瀬島伝内が遁走《とんずら》するのを防ぐため、あたりに北町奉行所の隠密廻りも配置する算段である。御船手組の中庭に、町奉行所の役人が展開していたことがばれれば、後日、御船手組から北町奉行所に苦情が持ちこまれ、どのような難儀が出来《しゅったい》するか知れたものではない。

十年越しの仇討ちに、瑕《きず》をつけてはならない。

お菊は武士の娘であれば、この地形に支配違いの難事をすぐに解した。

竜尾も心得があるのか、

「そのようですね」

うなずくように言った。

そればかりではない。自身番でお菊の身柄を確保すると同時に、瀬島伝内の死体も自身番に引き、永代寺門前との連携も図らねばならないのだ。

「ともかく、あそこだ」

右善は船番所の向かい側を、そっと手で示した。高尾稲荷《たかおいなり》の鳥居《とりい》が見える。

また、お菊がすぐ解し、

「あっ。あそこに潜み、瀬島伝内の通り過ぎるのを待ってあとを尾け、いずれかの町場で名乗りを上げるのですね」

と、肩をぶるると震わせた。

「なるほど」

竜尾も解した。

「行くぞ」

「はい」

右善の言ったのへお菊が応え、

「この橋を渡って来るのですね」

と、竜尾は背にした永代橋にふり返り、

「あっ、あれは」

低い声を上げた。

東たもとから渡って来る、道具箱を肩にした職人姿……色川矢一郎だった。すでに幾度か療治処を訪れており、竜尾は顔を知っている。

三人は数歩、高尾稲荷の境内《けいだい》に入り、色川の来るのを待った。色川はきょう右善とお菊が物見《ものみ》に来るのを知っている。門前町への潜みからしばし抜け、ようすを見に来たのだ。

色川も境内に入った。

「やあ、お師匠も一緒でござんしたか」

と、さすがは隠密廻りである。職人姿にふさわしい言葉遣いになっている。

「あはは。こちらがお菊さんでやすね。ひと目で判りやしたよ。肩に緊張が張りつめてござる」

「えっ」

と、その言葉にお菊はかえって緊張した。

「あはははは。見透かされておるのう、お菊どの」

と、右善はその場で色川矢一郎をお菊に引き合わせ、北町奉行所の隠密廻り同心であることも話した。

お菊は驚くと同時に、安堵の表情を取り戻した。

四人が境内で立ち話のかたちになり、

「案内いたしやしょう。さあ、お菊さん。肩の力を抜きなされ」

と、道具箱を肩にしたまま先頭に立った。色川は一度、瀬島伝内を尾《つ》け、浜町の岡場所まで行っている。

右善らは道筋を確認した。

決行は二日後、あさってである。

六

この日、永代寺門前仲町の鬼十一家でも動きがあった。

永代寺と富岡八幡宮の門前一帯では、門仲の鬼十一家と東の昇五郎一家の抗争を警戒し、門前仲町から門前東町にかけての大通りに、連日、定町廻り同心が捕方を引き連れ、故意に目立つよう巡回している。

一揆《いっき》の抑えでもあるまいし、異常である。

現場を担当する定町廻りと隠密廻りの同心たちが、

——土地《ところ》の店頭どもに不穏な動きあり
と、与力をせっつき、つくり上げた状況だった。

鬼十一家の挑発に昇五郎一家がいつ乗るか。偶発的な事件が発生すれば、永代寺と富岡八幡宮の広大な門前町一帯が騒乱状態になり、

——捕方を百人配置しても抑え切れなくなり、府下の無頼どもも便乗《びんじょう》する危険これあり
同心たちは与力に報告したのだ。

それを防ぐには、事前に人を出し、この町の店頭どもの動きを監視下におき、小競り合いの段階で抑えこむ以外にない。

柳営《りゅうえい》（幕府）では新体制がととのい、松平定信の打ち出そうとしている新たな政道の内容が、世間にも流布《るふ》されはじめている。
一、柳営の紀綱《きこう》を振粛《しんしゅく》する事
一、質素倹約を旨《むね》とする事
一、学問を奨励し、武芸を振興する事

一、風俗を改良し、世情を善美ならしむる事

これまでの闊達《かったつ》な田沼意次《たぬまおきつぐ》の世にくらべ、どのような時代が到来するか、奉行所の者にはおよそ想像がつく。

――綱紀厳粛な、質素で整然とした世の中である。

そうした新たな世が始まろうとする矢先に、江戸有数の門前町で無頼の者どもの大規模な喧嘩騒ぎがあったとなれば、町奉行所が老中よりいかに叱責されるか……。

この春に北町奉行に就いたばかりの石河土佐守政武《いしことさのかみまさたけ》などは、同心の報告書に目をとおしたとき、顔面蒼白となって与力たちに、

「――抑えこめ！　押さえこむのじゃ!!」

叱咤《しった》したものである。

そこにお菊の仇討ちである。

まさしく定信の政道に適《かな》うが、

「――くれぐれも、お菊どのに永代橋を渡らせませぬよう。名乗りは、断じて西岸の町中《まちなか》にて」

と、浜町までの道筋を案内した色川矢一郎は、永代橋の西たもとまで戻り、別れぎ

わにそっと右善に言ったものである。

鬼十一家の新たな動きは、ちょうど右善やお菊たちが永代橋から浜町までの道筋を確認しているときだった。

善之助は捕方五人を引き連れ、昇五郎一家の縄張である門前東町の大通りを巡回していた。着ながしに黒羽織である。捕方はいずれも六尺棒を小脇にしており、これで同心が黒羽織を脱ぎ、手甲脚絆《てっこうきゃはん》にたすきをかけ、白鉢巻を締めたなら、まったくの打込みである。その衣装も打込み用の長十手《ながじって》も、門前東町や門前仲町の自身番に用意してある。

「おっ」

善之助は低く声を上げた。

いま五間（およそ九米）ほど前方で、向かい合わせになった捕方の一行に気づくなりついいと脇道にそれた若い男……不動の祥助の配下、つまりスリである。いま、この門前町に入っている定町廻りも隠密廻りも、不動一味のスリどもの面も棲家《すみか》も掌握している。

「こっちだ」

善之助は捕方たちに声をかけ、スリ男の入った路地につづいた。男は気にしているようにときおりうしろをふり返り、幾度か角を曲がり、なんとかまこうとしている。路地で籠脱《かごぬ》けをし、ようやくまいたかと思うと、また脇から現われて尾いて来る。男は困惑し、結局、門前仲町の裏手のねぐらに帰って行った。

スリは現場を押さえない限り、捕縛《ほばく》はできない。そやつらの棲家も顔ぶれも掌握しているものの、いまはまだ泳がせている。しつこく尾行するのは、参詣人や町の人々の被害を防ぐためである。

もう一つある。昇五郎一家の者が縄張内で祥助の手下を現行犯で捕え、それを鬼十一家の者が奪い返そうとし、小競り合いになるのを防ぐためでもある。いわば祥助配下のスリどもは、奉行所の役人に護られていることになる。

それもこれも、不逞《ふてい》の輩《やから》を一網打尽にし、騒ぎにならぬように門前町の不穏の芽を一挙に摘《つ》むためである。

件《くだん》のスリはねぐらに戻るなり、

「まったく薄気味悪いぜ。いってえ、どうなってんだい。掏《す》るのを待っていやがるのか。あれじゃガキの巾着だって切れねえぜ。俺の面を知ってやがるのか、ずうっと尾いて来やがってよ。これじゃあまるで、俺たちゃあ金魚のフンを引きずって歩いてるようなもんだぜ」

「ほっ、おめえもそうかい。俺もだぜ。このめえなんか、玄関口のすぐ近くまで尾いて来やがったい」

愚痴《ぐち》るように言うと、凌《しの》ぎができず部屋でごろ寝をしていた仲間の一人が言った。

声は奥の部屋にいた祥助にも聞こえた。

二人は部屋に呼ばれた。

ここ数日、まったく凌ぎができていないのを叱責《しっせき》されるのかと、二人はおどおどと親方の前に出た。

叱責ではなかった。祥助は左手に煙管《きせる》を持ち、深刻な表情で煙をくゆらせていた。これまでの手下の報告から、異常な事態へ現場のスリ同様に薄気味悪さを感じていたのだ。だが、奉行所の意図までは気づいていない。いま、不動の祥助の脳裡を最も大きく占めているのは、もちろん縄張の確立もあるが、

——児島右善への報復
である。

門仲の鬼十をとおし、瀬上伝次郎こと瀬島伝内に、

「——児島右善の右腕を叩っ斬ってくだせえ。命を取ってもよろしゅうござんすぜ。

あっしからもそれなりの報酬は出さしてもらいまさあ」
と、依頼しているのだ。
瀬上伝次郎も、
「――相手は北町の隠密廻りというじゃねえか。ちと骨が折れるぜ。百両でどうだ」
と、引き受けていた。
決行は鬼十とも話し合い、
――東の昇五郎を斃《たお》してから
と、口約束もできている。
手下二人の話を聞き、
(やはり、みょうだ。なにかが動いている)
首をひねっているところへ、
「不動の、いなさるかい」
と、鬼十一家の代貸《だいがし》が来た。
「鬼十《うち》の親分から言われやしてね」
代貸は言った。
簡単な言付《ことづ》けなら三下《さんした》でもよい。鬼十がわざわざ代貸を寄こしたということは、それなりに大事な話があるのだろう。

　町のようすの異常さに首をひねっていたときでもある。

（それに関わることとか）

　祥助は思い、二人の手下を外に出し、部屋には代貸と二人になった。元次《もとじ》といい、筋肉質でいかにも喧嘩の強そうな体軀《たいく》と面構《つらがま》えで、華奢《きゃしゃ》な祥助とは対象的である。祥助は〝不動の〟という二つ名が似合っていない。

　あぐら居で向かい合い、

「知っていなさるか訊いて来い、と親分が言いやしてね」

「なにをだい」

　もったいぶった口調で言う元次に、祥助は問い返した。

「きょう仲町の自身番で、町役《ちょうやく》さんからあっしが直接聞いたんでやすがね、ここんところ奉行所はわしらの動きを察知したのか、捕方を引き連れた同心がこれ見よがしに幾組もちょろちょろしてやがるだろう」

「ああ。俺もそれが気になっていたのだ」

「そのなかに、児島善之助ってのがいるのを知っていなさるか」

「なんだって！　善之助といやあ、確か児島右善のせがれですぜ。ならば、右善は隠居⁉」

「やはり」

代貸の元次はうなずき、

「面は確かめてありまさあ。瀬上の旦那みてえに、ちょいと長めのつくりで、若《わけ》え同心でさあ」

得心したように言った。

町の自身番は奉行所の管掌《かんしょう》で、その町の地主や大店《おおだな》のあるじなどが町役となって当人か代理の者が常時四、五人、詰めて町を運営している。どこの門前町でも自身番と店頭とは、奇妙な均衡を保っている。昼間の差配は自身番だが、陽が落ちると仕切りは店頭に移る。それでうまく町の昼夜の治安は護られているのだ。

当然、双方に行き来があり、代貸が町役から同心の名を聞いたとしても、なんら不思議はない。

「ほっ、その同心ならあっしも知ってまさあ。待てよ、そういやあ、ふむ、似ていやがる。ほうほう、瀬上の旦那も長《なげ》えお顔だ。どうもまえまえから、誰かに似ていると思っていたのだ」

ここでも、右善と瀬上伝次郎こと瀬島伝内、そこに加えて善之助まで似ていることが取りざたされた。

　祥助は突然膝を乗り出し、

「こうなりゃあ、せがれの善之助でもかまわねえ。この町に出張って来ているんならおあつらえだ。きょうあすにでもぶった斬ってやらあ。瀬上の旦那、いまいなさるかい」

「不動のっ、よしなせえ！」

　言うなり立ち上がりかけた祥助へ、元次は強い口調を浴びせた。

　祥助は腰をもとに戻さざるを得ない。

　さらに元次は言った。

「馬鹿な了見《りょうけん》を起こされたんじゃ、こっちが迷惑しまさあ。縄張の内側で同心に斬りつけてみなせえ。奉行所が総力を挙げてここへ打込んで来まさあ。そうなりゃあ元も子もなくなりやすぜ。まったく了見のねえことを言いなさるお人だ」

　最後は吐き捨てるような口調になった。

「しかし……」

　祥助はなおもつづけた。右手首を切断された恨みは深いのだ。

「仇がすぐそこにいるんだ。指をくわえて見ていろなんざ、酷《こく》だぜ。ええぇ、代貸さんよ」

絞り出すような祥助の言いように、代貸の元次は困惑を覚え、なだめるつもりでつい言った。

「ようがす。児島右善とかいう元同心は、隠居しているなら、どこかに隠宅を構えているかもしれねえ。もしそうなら、それこそおあつらえ向きじゃござんせんかい。いくら瀬上の旦那でも、八丁堀の役宅に打込むなんざ躊躇《ちゅうちょ》されまさあ。まあ、親分と相談して、右善とやらの身辺を調べておきやしょうかい」

「ほっ。そうしてくれるかい」

「ああ。自身番の旦那衆なら、奉行所の同心と親しゅうしていなさろう。その中のなたかにうまく訊いてもらうようにしてみまさあ。だからあんたも、ふざけた了見を起こしてもらっちゃ困りやすぜ」

言うと代貸の元次は腰を上げた。

祥助は玄関まで見送った。

元次は、

(やれやれ。ほんのちょいと耳に入れてやるつもりが、とんだ藪蛇《やぶへび》になっちまったもんだわい)

ため息をつきながら一家に戻り、さっそく親分の鬼十に話した。門前仲町に店頭《たながしら》を張るだけあって、大柄でなかなか押出しの効く風貌の男である。

「祥助どんの恨みも、相当なもんだのう」

と、理解を示しながらも、

「そんなことであのスリどもが失策《しくじり》をやらかしたんじゃ、おめえの言うとおり、こっちまで連座《つなが》っちまわあ。まあ、わしから町の旦那衆のどなたかに頼み、聞き出してもらうことにしようかい」

「申しわけありやせん。祥助め、いきり立っていやしたから、早《はえ》こと調べていただいて、目を外へ向けさせなきゃなりやせん。町にぶらりと出てその同心と出会ったりすりゃあ、ちょいと厄介《やっかい》なことにならねえとも限りやせん」

「そうだなあ。スリの一味を飼っておくってのも、世話が焼けるものだわい。ちょいとおもての仏具屋まで散歩でもしようかい」

「へい。お供いたしやす」

鬼十が腰を上げたのへ、元次もつづいた。

大通りに出ると、捕方を引き連れた児島善之助と出会った。

「ご苦労さんでございます」

鬼十と元次は道を開け、わずかに腰を折った。

「ふむ」

善之助はうなずき、通り過ぎた。

(こやつら、いまに見ておれ。まとめてお縄にしてやる)

内心につぶやいていた。

七

町の自身番は、出張って来た同心や捕方たちの詰所でもある。その接待は町役たちであり、町の出費もまた重なる。役務中に酒は出せないが、茶を飲みながら世間話などはよくする。
――児島右善なるご隠居はいま、世のため人のためを思い、神田明神下で鍼灸の修行に励んでいなさる
と、鬼十の耳に入ったのは、その日の夕刻だった。
それを善之助から聞いたのは、表通りに大振《おおぶ》りな仏具屋の暖簾を張っている旦那であった。大振りであるからには、あるじは門前仲町の有力な町役の一人である。陽が

まだ中天にさしかかるまえに、鬼十が元次をともなってふらりと出かけたのは、この表通りの仏具屋だった。

その仏具屋のあるじが自身番で、同心から聞いたのはそこまでだった。鬼十は代貸の元次を随《したが》え、散歩がてらふらりとその仏具屋の暖簾をくぐったとき、

「――児島善之助さまという同心の方、まだお若いようだが、さぞご先代から訓導されておいでなのでしょうなあ」

と、話題にしただけだった。

巧妙である。これなら怪しまれることはない。

そこで返って来たのが、〝神田明神下で〟という、善之助が仏具屋のあるじにみずから語った言葉であった。

これでじゅうぶんである。

このあとすぐのことだった。鬼十が元次に言った。

「東の昇五郎がこっちの仕掛けに乗って来る日も、そう遠くはあるめえ。祥助が余計な了見を起こさねえよう、おめえがぴたりとついて見張っておけ。まあ、準備だけなら大目に見て、手を貸してやってもよかろう。スリどもめ、こうも町方がうろちょろしているんじゃやりにくかろうが、なんとか働いて昇五郎の頭に血を上らせてもらわ

て隠宅の所在を確かめておくことになろうか。

元次は応えた。準備とは、鬼十が右善の隠居を聞き出したように、そのつづきとし

「へえ。せいぜい不動の祥助をなだめ、機嫌をとっておきやす」

にゃならんからなあ」

この日も同心たちは、いつものように一日の役務を終えた。

またいつものように、捕方の一人を定番《じょうばん》として仲町や東町の自身番に置き、深川を引き揚げた。この日、それら同心たちは、常盤橋御門内の北町奉行所で、あらためて鳩首《きゅうしゅ》した。

定町廻りが四人、隠密廻りが三人である。以前から深川が担当だった松村浩太郎がいる。助役《すけやく》で入った児島善之助、隠密廻りの色川矢一郎もいる。

一同は、瀬上伝次郎こと瀬島伝内が三日置きに浜町の岡場所に通っていることを把握している。さらに色川矢一郎が、きょう午前、お菊と右善、それに竜尾を永代橋から浜町まで案内したことを話し、お菊の仇討ちがあさってに迫っているのも、一同の共通認識とした。当然、その認識のなかには、隠居の右善が助勢というより、後見人のかたちで加わっていることも含まれている。

「ならばそのときに」

言ったのは、当初から深川担当の松村浩太郎だった。

「その日にスリの一人を挙げ、やつらの棲家にも踏込んで残りのスリどもを茅場町《かやばちょう》に引き挙げ、門前町での犯行は鬼十の差し金だったことを吐かせる。それを理由に鬼十と代貸の元次を引き挙げ、子分たちと引き離すのはどうか」

いよいよである。茅場町は八丁堀のとなり町であり、捕えた容疑者を収容する大番屋がある。ここには小伝馬町の牢屋敷に似た牢屋の設備もあり、牢問《ろうとい》の諸道具もそろっている。

「ふむ。いい策だと思いますが、スリどもに東町での働きが鬼十の差し金だったことを吐かせるまで、いくらか時間がかかりましょう。そのあいだ、鬼十や昇五郎たちの動きを押さえこんでいなきゃなりませんぞ」

善之助が言い、

「そこが一番の難題だ」

色川矢一郎が返し、一同は深刻な表情になった。

一案、
二案、

三案、

話し合われた。

出された案のいずれもが、仇討ちが決行されてからの間合いが、成否の鍵となっている。つまり、仇討ち現場との連携が密でなければならない。

その日、差配として与力が一人、出張って来ることになるだろう。しかし、与力は門前仲町か東町の自身番に詰めるだけで、すべての判断は現場の同心たちにかかっている。

永代寺の門前仲町でも、話し合いがあった。

不動の祥助は、右善が神田明神下で鍼の修行をしていると、思いも寄らなかったことを聞かされたあと、鬼十一家のねぐらに足を運んでいた。

部屋には鬼十と元次、それに瀬上伝次郎こと瀬島伝内も顔を見せていた。

すでに陽は落ち、部屋には行灯の灯りが入っている。

鬼十は穏やかな口調だったが、響きには厳としたものがあった。

「いけやせんぜ。瀬上の旦那は、ちゃんとここにいてくだせえ。縄張《しま》から外に出るのは、三日置きの午前中だけという約束ですぜ」

「まあ、そうだが」

と、瀬上伝次郎は、どちらでもいいような口ぶりだった。

祥助が、あした神田明神下へ出向き、児島右善の所在を確認しておきたいと申し入れ、この談合となったのだ。

「野郎の面を知っておいてもらうためにも、瀬上の旦那に同行してもらいてえ」

祥助は依頼する。

だがそれは、鬼十にすれば、

(危ない)

の一言である。

祥助の児島右善への憎悪の激しさを、鬼十は知っている。出かけるときは物見《ものみ》だけのつもりでも、いざ隠宅をさがし出し、かつ児島右善に隙があったとなれば……。おそらくあるだろう。当人は自分が襲われるなど、まったく想定していないだろう。しかも用心棒の瀬上伝次郎が一緒だと、衝動的に斬りかからないとも限らない。そうなれば、瀬上伝次郎は助太刀せざるを得なくなる。

祥助は喰い下がった。

「あしたは、見に行くだけでさあ。いることを、確認しておきてえんで。気づかれるようなへまはしやせんぜ」

「そうかい。だったら元次、おめえが一緒に行ってやれ」

これなら安心できる。

元次は祥助の返事を待つより早く、

「へえ。そういたしやす」

返し、それで決まりとなった。

鬼十はつづけた。

「祥助どんよ。敵《かたき》の所在を確かめたなら、あとは心置きのう本業のほう、やりにくかろうが手下どもを叱咤《しった》し、派手にやってくんねえ。早う昇五郎の縄張《しま》を干上《ひあ》げてくれなくちゃ困るぜ。役人がうろちょろして、飲み屋で喧嘩もできねえとなりゃあ、有効な手はおめえさんらの働きしかねえんでなあ」

「そりゃあもう」

元次は頼られていることに気をよくし、大きくうなずいた。あしたからまた門前東町のほうで、停滞していたスリがうごめき始めることだろう。

鬼十は瀬上伝次郎にも言った。

「旦那、なんなら浜町の妓《おんな》、こっちへ落籍《ひか》せて囲いなすってはどうです。浜町のほうには、あっしが話をつけて差し上げやすぜ。なんなら、あしたにでも」

「いや、それには及ばん。かえって面倒だ。この遊びはなあ、通うところにおもしろ味があるのだ」

　みょうな理屈だが、あさってもまた朝のうちから永代橋を渡り、浜町へ通う予定に変更はないようだ。


　さらにもう一つ、神田明神下でも話し合いがあった。

　療治処の居間である。このほうはまだ明るい時分だった。

「間合いが大事になるなあ」

　夕餉をとりながら、右善は言っていた。瀬島伝内が永代橋を渡ってから、お菊に名乗りを上げさせるまでの間合いである。

「よろしく差配、お願いしますよ」

　竜尾が、両国の長屋の部屋でじっと時を待っているお菊の心境を代弁した。

　右善は言った。

「竜尾どの。あんた、ここでおとなしゅう、首尾を待っていてくれと言っても、肯《き》かんじゃろなあ」

「もちろんです」

竜尾はにこりと微笑《ほほえ》んだ。

だが、すぐ真剣な表情になり、

「大丈夫でしょうねえ」

「むろんじゃ」

右善は明瞭な口調で返した。右善にとってそれは、自分自身に言い聞かせるものでもあった。

「もう、さっきから危ない話ばかり。お師匠や右善さんの気が知れませんよう。もとはといえば、右善さんのお顔がお菊さんから敵《かたき》に間違われただけじゃありませんか」

お定が言えば留造も、

「そうでごぜえますよ。お菊さんが親戚だというわけでもござんせんでしょうに。ちかごろ、休診が多すぎますすじゃ。あしたも患家へ触れに行かなきゃなりませんわい」

「あはは、おまえたちにも苦労をかけるのう」

右善が笑いながら言ったのは、さきほど引き締めた気を、やわらげるためでもあった。

両国の裏長屋では、お菊が極度に緊張していることだろう。

長屋の木戸の前で別れぎわ、

「――いいか。いまから緊張していたのでは気疲れするでのう。きょうあすは、心静かに、時のながれるのを待つのじゃ」

無理を承知で、右善は言ったものだった。

新たな厳格なご政道が始まろうとしているなかに、鬼十一家と昇五郎一家の抗争にお菊の仇討ちが重なり、そこへ祥助の右善への意趣返しがからんだまま、時はながれていた。

三　お菊の本懐

一

あすに迫った。

「――気を鎮《しず》めるには、日常のように時を過ごすことじゃ」

きのう、右善が言ったものだから、

「ほらほら、早く艾《もぐさ》の用意をして。火種と湯も忘れないように」

「艾と火種はそこに。湯はすぐに準備を」

いつものように朝から竜尾は差配し、右善はおもての療治部屋と裏の台所を行ったり来たりしている。

いま肩の鍼療治を終えたばかりの婆さんが、着物の衿《えり》をかき寄せながら、

「右善さんも大変じゃねえ。ここのお師匠《しょ》さん、人使いが荒いで」

などと、右善をからかうように言っていた。

療治部屋では、右善はまだ代脈《だいみゃく》にもなれない、見習いの薬籠持《やくろうもち》なのだ。

「あはは。これが隠居部屋に入った儂《わし》の仕事じゃで。肩の凝っているところ、あとで揉んでやるから待っていなせえ」

右善は笑って返した。

「頼むね、右善さん」

言った婆さんは、ありがたそうな顔になっていた。

陽が中天に近づいたころだった。

「へい」

「お迎《むけ》えに上がりやした」

と、権三と助八が空駕籠《からかご》を担ぎ、冠木門を入って来た。送って行く患者は、切通し坂の上から来ている腰痛の爺さんだった。いま療治中で、間もなく終える。

「おう、ちょっと待っていねえ」

と、右善は言いながら縁側から庭に下り、二人と立ち話になった。声は療治部屋にも待合部屋にも聞こえなかったが、なにを話しているのか、竜尾にはわかっていた。

右善は念を押していたのだ。

「あしただぞ、朝の早いうちから。半日切りだ」

返した権三も助八も、駕籠舁きには似合わない低声《こごえ》だった。二人とも〝あした〟がわかっている。権三は言った。

「へい。いよいよでやすね」

「戻り駕籠は儂《わし》を乗せて、一ツ橋《ひとつばし》御門までじゃ」

「心得ておりやす」

助八が応《こた》えた。

一ツ橋御門外には、上州安中《あんなか》藩三万石板倉《いたくら》家の上屋敷がある。町駕籠でも入れる地所だ。

さっき、空駕籠の二人が表通りから療治所のある脇道に入ろうとしたとき、二人連れの男とすれ違った。前棒の権三も後棒の助八も、その男たちの雰囲気から、

(――胡散臭《うさんくさ》そうなやつら)

思ったが人通りのけっこうあるなかで、一瞬すれ違っただけである。それ以上、気に留めることはなかった。その一人が右手を隠すようにふところ手にしていることも気づかないまま、通り過ぎた。

その二人こそ、鬼十一家の代貸の元次《もとじ》と、スリ一味の親方の祥助《しょうすけ》だった。権三も助八も深川にはときおり行くが、町をながしているわけではない。右善に話したうわさの渦中《かちゅう》の人物であっても、顔は知らない。だから権三も助八も、右善の前でそれをわざわざ話題にすることはなかった。

療治部屋から竜尾が呼んだ。

「権三さん、助八さん。お願いしまーす。右善さんも、手伝ってくださいな」

「へいっ」

「ただいま」

権三と助八は縁側に駕籠を寄せ、右善が、

「さあ、つかまりなせえ」

と中腰になり、腰を痛めている爺さんに肩を貸し、駕籠に乗せた。

駕籠が冠木門を出たとき、元次と祥助はもう表通りの角にもいなかった。

すでに町の者に聞き込みを入れ、その角を曲がったところにある、鍼灸の療治処は女鍼師で、隠居なのか浪人者なのかわからないが〝腕の立ちそうな用心棒がいる〟ことを聞き出していた。しかも訊いた一人は、

「――名前かね。わしらは旦那と呼んでいるが、それがなにか」

と、応えていた。

もう間違いはない。巷間《こうかん》で岡っ引は〝親分〟で、同心は〝旦那〟である。

ここで元次と祥助はいくらか揉めた。

「くそーっ。すぐそこにいやがるんだ。ちらとだけだ。ちらと見てくるぜ」

「よしなせえ」

「確かめるだけだ」

「ならねえ。おめえさんがつけ狙《ねろ》うていることを覚られちゃ、あとがやりにくうなるだけだぜ」

言いようは違っても、まえに右善がお菊を諭したのと、おなじことを言った。元次も喧嘩慣れし、不意打ちか闇討ちの覚えがあるのだろう。

「縄張《しま》のカタがつきさえすりゃあ、瀬上《せがみ》の旦那が助《す》けてくれることになっているんでやしょう。料簡しなせえいっ」

押し出しのある元次からきつく言われたのでは、

「そ、そりゃあそうだが」

祥助は肯《き》かざるを得ない。

ちょうど療治処の中で、竜尾が権三と助八、右善に声をかけたときだった。

「くそーっ、児島右善め。てめえも利き腕がなくなるのはもうすぐだぜ」

うめくように捨てぜりふを吐き、元次に肩を押され、神田明神下を離れた。

この二人がすぐ近くまで来ていたことを、療治処で気づいた者はいない。往還で二人に声をかけられた者が、療治処に来てそれを話しても、竜尾も右善も、患者が療治の評判を訊いたくらいにしか思わないだろう。

元次と祥助に、色川や善之助らの手の者が尾《つ》いていなかったのは。瀬上伝次郎こと瀬島伝内の動きに、目を集中させていたからだろう。

夕刻近くになった。

この日は往診もなく、待合部屋からも療治部屋からも人はいなくなった。

奥の居間に、右善と竜尾、留造とお定がそろった。いつもの夕餉の席である。

竜尾は言った。

「お菊さん、大丈夫かしら。いまごろ、どうしているでしょう」

留造はお菊の長屋に幾度か行っている。やはり気になるのだろう。

「わしがちょいと走って、見て来やしょうか」

「そうしてくれる?」

即座に竜尾が応じたのへ、

「行ってはならぬ」

たしなめた右善の口調は強かった。

「行けば、かえって気を高ぶらせるだけだ」

「そう、そうですね」

竜尾はうなずき、

「まあ、きょうのお味噌汁、留造さんですか、お定さんですか。おいしい」

椀に、小さな音を立てた。

「きょうはお定でさあ」

と、留造もお定も味付けを褒められたときの、いつもの嬉しそうな表情に戻った。

二

その日が来た。

夜明け前から、療治処は動いていた。

まだ暗いなかに、権三と助八が空駕籠を担いで来ている。

この二人が朝餉《あさげ》を、

「ふーっ、たまんねえぜ。この熱い味噌汁よ」

と、療治処の居間で、右善や竜尾と一緒にとるのは初めてのことである。

一帯はいくらか明るさを帯び、朝もやにつつまれている。

療治処の庭では、

「さあ、師匠。乗ってくだせえ」

「あらあら。人を乗せるのは両国からですよ。それにあんたたち、ご飯を食べたばかりだし」

「へへん。朝の肩ならしでさあ。さあ」

「師匠なら、そう重くもありやせんし」

と、権三と助八は竜尾を無理やり駕籠に乗せた。

右善はいつもの絞り袴に筒袖で、きょうも顔を隠すように笠をかぶっている。だが、腰に脇差だけでなく大小を帯びているのが、普段とは違った。

留造とお定は、昨夜は顔の皺《しわ》をほころばせたものの、けさはさすがに、

「お師匠、気をつけてくだせえよう」

「右善さん、ほんと、頼みますよう」

と、心配そうな表情になっていた。

「さあ、行くぞ」

「へいっ、がってん」

「あらよっと」

右善の声に権三と助八のかけ声が庭にながれ、駕籠尻が地を離れ、冠木門を出た。

留造とお定は表通りまで、小走りに出て見送った。

まだ薄暗いなかに、見送り人はほかにいない。いま療治処から出た駕籠の行く先を知っているのは、この六人だけである。

駕籠はかけ声とともに筋違御門への角を曲がり、留造とお定の視界から消えた。

「師匠も右善さんも、人がよすぎる」

留造が吐き捨てるように言ったのへ、

「命をかけるなんて。ただ、ご無事で」

お定がつづけた。

二人は引き返し、半開きにしていた冠木門を閉めた。

右善が先導し、竜尾は駕籠の中である。

権三と助八のかけ声が長屋の路地に入ったのは、ちょうど日の出の時分だった。

路地に出て七厘《しちりん》を団扇《うちわ》であおいで煙を立てていたおかみさんが、

「えっ、駕籠？　あんれ、このまえ来なさったお人ら」

と、手をとめた。

長屋の路地に町駕籠が入って来るなど、病人でも出ない限りないことである。

お菊が出て来た。

他の住人たちも出て来た。

芝居で見るような白装束に白だすき、白鉢巻《はちまき》ではない。だが、外出用の武家娘の衣装で、胸元の襟《えり》には懐剣の袋が見える。

さらに、付き添いがきょうも笠で顔はよく見えないものの、大小を帯びているところから、明らかに武士である。

その武士は言った。

「お菊どの、忘れ物はないいな」

「はい」

お菊は着物の上から、懐剣をそっと押さえた。

その仕草に住人たちは感じたか、右善にうながされ駕籠に乗ろうとするお菊に、

「まさか、お菊さん。きょう！」

「このお人ら、助太刀⁉　ゴホン」

声を上げた。路地には朝もやではなく、七厘の煙がたちこめている。

あまり大げさになってはならない。

「あらあら、皆さん。そんなんじゃないんですよ。それじゃ、駕籠屋さん」

「へいっ」

「あらよっ」

竜尾が笑顔で言い、ふたたび駕籠が動いた。

住人たちには、お菊の着物のたもとに白だすきと白鉢巻が入っており、駕籠の中に脇差がひと振り乗せているのも見えなかった。ただ、お菊の顔は緊張していた。きのうからである。

「お菊さん！」

住人たちは長屋の木戸の外まで出た。

駕籠はゆっくりとした足取りで、角を曲がり住人たちの視界から消えた。いずれもがその角を見つめ、首をかしげていた。

大通りに人はすでに出ているが、広小路はまだ閑散とし、ときおり朝の物売りが横切っている。

その広い空間に、

「へいっほ」

「へっほ」

前棒と後棒の息の合ったかけ声がながれる。右善を先頭に駕籠がつづき、そのうしろにいくらか急ぎ足に竜尾がつづいている。

広小路を抜け、大川の土手道に入った。川面からの風が心地よい。ときおり天秤棒を担いだ魚屋や八百屋とすれ違った。

永代橋にも人影が動き、大八車の車輪の音が聞こえる。

高尾稲荷の境内に入ったのは、陽がかなり昇った時分になっていた。

駕籠尻を地につけるなり権三と助八はさすがに疲れたか、

「ふーっ」

その場にかがみこんだ。

だが、客が駕籠から出るまで、崩れこんだり地べたに尻餅をついたりしないのは、駕籠舁き人足の心意気である。

二人とも片膝を立て、

「へい。着きやした」

権三が言うと助八が、

「高尾稲荷でございます」

と、駕籠の垂《たれ》を上げた。

「あり、ありがとうございます」

お菊は境内に降り立つなり右善と竜尾、権三と助八にも、ふかぶかと頭を下げた。駕籠に揺られながら、感謝と緊張の念を懸命に抑えていたようだ。

「着きやしたね。まだいくらか余裕はありまさあ」

と、職人言葉で言いながら、木陰から出て来たのは、大工の道具箱を担いだ色川矢一郎だった。中に入っているのは、脇差と十手である。

「おおう、ご苦労」

右善は片手を上げた。

「お手数をかけまする」

ここでもお菊はふかぶかと礼をした。

「さあ、頭を上げなすって。人の目がありまさあ」

色川は手でお菊に頭を上げるようながした。

ときおり行商人や往来の者がちょいと立ち寄って、お堂に手を合わせて行く。

おととい道順を確かめたとき、色川も一緒に境内で待ち伏せることを、右善と色川は申し合わせていた。

竜尾はもとよりお菊も右善も、権三と助八も、瀬島伝内の顔を知らない。手掛かりは、右善に似ていることだけである。これだけで待伏せをするのは心もとない。

「――私が」

と、色川が言ったのだ。

瀬島伝内の顔を、直接見知っているのは色川矢一郎だけなのだ。

「さあ」

と、色川はふたたび境内の木陰から、赤い鳥居の外を見張る態勢に入った。さすがは隠密廻りで位置のとり方もよく、職人がちょいと休んでいるようで、見張っているようには見えない。

お菊は色川に礼を述べ、本堂に向かって手を合わせ心を鎮《しず》めはじめた。瀬島伝内には、もう一人の隠密廻りがぴたりとつくことになっている。

「きのうから私と交替で鬼十一家のねぐらに張りつき、瀬島伝内が出て来るのを待っております」

色川は言った。きのう代貸の元次と不動の祥助に尾行がついていなかったのは、このためだった。お菊の首尾を見とどけるなり、その者が門前仲町の自身番に走り、定町廻りが捕方を引き連れ一斉に動くことになっている。

それらの策は、さまざまな場合を想定して立てたもので、

「臨機応変に動くことは、おととい善之助どのも入って奉行所の同心溜りで打合せております」

色川は言った。差配役になる与力は、きょう門前仲町の自身番に入るようだ。

かたわらで聞いていた竜尾が、遠慮深げに言った。

「ほんとにお菊さんの仇討ちも、寄木細工《よせぎざいく》のようななかにあるのですねえ」

「そう、深川の現場は綱渡りだ。騒ぎも起こさず血も見ず、あの広い門前町の平穏を取り戻すためになあ」

右善は応えた。

そろそろ、瀬島伝内が永代橋を渡って来てもおかしくない時分になっている。

駕籠へ、もたれかかるように休息をとっている権三と助八の表情にも、しだいに緊張の色が浮かんで来た。

兄が五年、みずからも五年追いつづけた敵が、いま現われようとしているのだ。お

菊はまだ一心不乱に、稲荷のお堂に手を合わせている。

三

深川の現場は、まさに綱渡りだった。起こり得る事態に対処し、そのつど打つべき手が異なってくるのだ。

与力はまだ仲町の自身番に入っていない。最も肝心な東町には、きのうもきょうも、松村浩太郎と善之助が入っている。

きのう、善之助が言っていた。

「――おい。スリどもの動きが派手になったと思わないか」

「――そのようだ。すこしばかり鳴りを潜めていたのに、きょうはしきりに、なんとか俺たちの目を盗もうとしている」

松村も言った。

前日の夜、不動の祥助は門仲の鬼十から、〝やりにくかろうが手下どもを叱咤し、派手にやってくんねえ〟と言われているのだ。

善之助と松村はその動きに対応し、これ見よがしに捕方を引き連れての見まわりを強化し、被害者が出るのを防いだ。

しかし、被害は出ていた。東町の自身番に、五両入りの紙入れを掏《す》られたとの届けが一件あった。厳重警戒の目をくぐっての働きである。巧妙というほかない。

きょうの方針は違った。

――やらせよう
というのである。

これ見よがしの見まわりはせず、掏らせる。スリどもは気をよくし、つぎつぎと犯行を重ねるだろう。瀬上伝次郎こと瀬島伝内が門仲の鬼十一家のねぐらを出たとの知らせを受ければ、頃合いを見計らって捕縛しようというのだ。

おとといこの案が出されたとき、善之助は反対した。

「――犯行を目の前に、目をつむれと言うのか。被害者はどうなる」

というのが、その言い分だった。

しかし、ひとたびその案で行こうと決したなら、率先して推進するようになった。

だからいま町に出ているのは、善之助についている岡っ引の藤次《とうじ》とその下っ引たちで、物見遊山《ものみゆさん》の町人を扮《こしら》えている。右善の代からついている、有能な岡っ引である。もちろん、他所《よそ》から動員されたほかの岡っ引たちも出ている。いずれもスリどもの面は掌握しており、さりげなく尾行しているのだ。

すでに二件発生した。一件は大店《おおだな》のあるじ風の男に、すぐ横で若い男二人がぶつかり、よろけた一人が、

「おっとっと。すまねえっ」

と、寄りかかった。あるじ風はとっさに避けようとした。その隙にふところから紙入れを掏ったのだ。

もう一件は、着飾った町娘だった。これも二人が組んでいた。

一見、他人同士をよそおい、横ならびに間隔をあけて歩いている。向かいから来る娘が、二人のあいだに挟まれた。そのますれ違えば、なんでもない他人同士のすれ違いである。

片方の男がすれ違いざま不意に手を伸ばし、女の下腹部を触れた。

「あっ」

女は驚きの声を洩らし、両手で下腹を押さえた。その瞬間、女は前かがみになる。

その一瞬に、片方の男が簪《かんざし》を抜き取ったのだ。二人が連携した、巧妙な手口だ。だが、はじめから目串《めぐし》を刺し、注意していたなら容易に見破られる。これを見ていたのが、藤次とその下っ引だった。

「くそーっ」

藤次は歯ぎしりしながらも、

(ありがたいぜ)

と、にんまりともした。証拠の品が、スリのふところに残っている。紙入れや巾着なら、金だけ抜き取って捨てられると物証はなくなる。

もう一件のほうも、捨てられた紙入れを拾っている。捕えてから突きつけ、白状させるためである。

見張られていることを知らず、スリどもはうまくいったことに気をよくしたか、さらに獲物を物色《ぶっしょく》しはじめた。いずれも、東の昇五郎一家の縄張内である。

東町の自身番で、善之助と松村矢一郎はそれらの報告を聞いた。

「被害者には申しわけないが、事はうまく行っているな」

「うむ。あとで押収《おうしゅう》し、届けがあれば返してやろう」

松村が言ったのへ善之助は返した。

話しているところへ、仲町の鬼十一家のねぐらを見張っていた岡っ引が駈けこんで来た。これも藤次とおなじで、他所から動員され深川界隈では顔を知られていない岡っ引である。

「いま、本命は瀬島伝内といいやしたかい。その瀬上伝次郎が出かけやした。鬼十と元次はねぐらにおりやす」

と、報《しら》せて来たのだ。

「こら、軽いぞ」

善之助はその岡っ引を叱った。自身番には町役やその代理の者たちも詰めている。この一連の警備に仇討ちの絡《から》んでいることは、動員された岡っ引たち以外、町の者にはまだ伏せてあるのだ。

そこに岡っ引は気づいたか、

「へえ」

ぴょこりと頭を下げた。

叱りつけながらも、善之助は同輩の松村浩太郎と顔を見合わせ、うなずきを交わすなり次の行動に移った。黒羽織を脱ぎ、手甲脚絆を着け、白だすきに白鉢巻を締め、打込み用の長尺十手を手にしたのだ。もちろん、六尺棒の捕方たちにも出動待機を命じた。

同時に、

「そなたら、これより暫時《ざんじ》、出入りを禁じる」

自身番に詰めている町役たちに厳命した。

町役たちは、

「なぜなんです」

「私ら、ちょいと商舗《みせ》に帰る用事もありますよ」

「奉公人が店の用事で来るかもしれません。そのときはどうするのです」

困惑した表情で同心二人に詰め寄った。

この町には馴染みのある松村浩太郎が、強い口調で返した。

「来る者がおれば、その者も暫時、ここに留め置く」

「そんな理不尽な」

当然、事情を知らない町役たちは苦情を申し立てた。ただでさえ、町はここ連日の役人接待でかなりの出費を強《し》いられ、いらいらしているのだ。

奉行所の役人が自身番に出張って来た場合、その接待は町役の仕事となり、その費用も町が持たなければならないのだ。

もちろん当初から、仲町にも東町にも、

――門仲の鬼十一家と東の昇五郎一家の抗争を防ぐため

と、説明してある。

ところが、ただ同心が捕方を引き連れ巡回するだけで、一向にねぐらへ踏込んで物騒な連中を引き挙げようとしない。陰では、

「腰抜け役人どもめ、鬼十や昇五郎が恐いのか」

などと陰口をたたき、その面でも苛立っている。

外出禁止は、打込みの準備が外にながれ、スリの祥助や店頭の鬼十たちへ伝わらないようにするための処置である。だが、それを話すわけにはいかない。ひとたび事が動けば、すべてが不意打ちでかつ迅速に進められなければならないのだ。

町役たちに詰め寄られる松村に、善之助は助け船を出すつもりで、

「出入り禁止はほんのしばらく、半刻（およそ一時間）ほどだ。料簡せい」

つい言ってしまった。

町役たちはかえって苛立ち、

「なにがあと半刻なのですか！」

「そうですよ。同心の旦那方は、ただじっとしているだけじゃないですか。なにもしないで、なにを待っているのですか」

詰め寄られ、善之助のほうが苛立った。

「われらの役務を阻害する気か。おまえたちのほうをまっさきに引っくくるぞ」

一喝するように言えば、町役たちはいっそう不満を表情にあらわした。

ともかく、善之助も松村浩太郎も、仲町の自身番に詰めている同輩たちも、つぎの報せを待っていた。

瀬上伝次郎こと瀬島伝内が、いま鬼十一家のねぐらを出た。ここで焦ってスリを挙げ、祥助たちの棲家に打込んだならどうなる。事態は即座に鬼十一家へ伝わり、若い衆が走って瀬上伝次郎を呼び戻そうか。永代橋の西たもとで右善とともに待っているお菊は、千載一遇の機会を逃すことになる。

待っている報せは、その仇討ち現場からの第一報である。

四

馴染みの妓《おんな》の顔を思い浮かべながらであろうか。瀬上伝次郎こと瀬島伝内の足は永代橋に入った。

橋には、大八車や下駄の音が響いている。

うしろ五間（およそ九米）ほどのところに、もう一人の隠密廻りが尾いている。脇差を腰にした遊び人姿だ。ふところには十手が入っている。瀬島伝内が逃げ出したときには、退路をふさぐつもりである。それよりも、首尾を見とどけたあと、定町廻りの同輩たちが詰める自身番へ第一報を知らせなければならない。これがすべての引き金となるのだ。

高尾稲荷の境内から、下駄や大八車の響きは聞こえるが、樹木が邪魔になって橋は見えない。

「そろそろではないのか」

「もう来てもおかしくありません」

右善が低声で言ったのへ、色川矢一郎は視線を鳥居の外に向けたまま返した。

お菊はまだお堂の前で手を合わせている。

右善がふり返り、かたわらでしだいに緊張の色を濃くしている竜尾に、

「では、お菊さんに」

「は、はい」

竜尾は掠《かす》れた声で返し、境内をすり足でお堂の前のお菊に近づいた。

そのうしろ姿に、

（まるで自分が仇を討つような）

右善はふと感じた。

竜尾は、目を閉じ手を合わせているお菊に、背後からそっと声をかけた。

「いよいよですぞ、お菊さん」

「はい」

祈りのご利益《りやく》があったか、お菊は落ち着いた声で返し、お堂に深く一礼した。思わず竜尾もそれにつづいた。

一緒に、境内の隅に置いてある駕籠に近づいた。

腰を下ろして休んでいた権三と助八は、やおら起き上がり、二人ならんで立った。

お菊が白だすきをかけ、白鉢巻を締めるのを、竜尾が手伝った。それを権三と助八が、境内に参詣人が入って来ても見えないようにと、屏風《びょうぶ》になったのだ。

「さあ」

経帷子《きようかたびら》ではないが、仇討ち姿になったお菊は駕籠に乗った。

権三が垂《たれ》を降ろし、

「敵《かたき》が逃げ出そうとすりゃあ、へへん、あっしらが棒を振りまわして道を塞いでやりまさあ」

助八もうなずき、二人はすぐに出立《しゅったつ》できる態勢に入った。

「おっ」

右善が低い声を上げた。

鳥居の向こうを、浪人風体の者が通り過ぎたのだ。

「違います」

色川が緊張を帯びた声で言ってから、大きな風呂敷包みを背負った行商人、つぎにはお店者《たなもの》風が過ぎ、ふたたび浪人風体が、

「やつです」

「うむ」

右善はうなずき、竜尾たちに合図を送った。

「へいっ」

駕籠尻が地を離れた。

右善が鳥居を出た。つづいて色川が出て、門前仲町から尾いて来た遊び人風体の同輩と肩をならべ、右善につづいた。権三と助八の担ぐ町駕籠が鳥居を出て、色川たちのうしろ三間（およそ五米）ほどに尾いた。駕籠の横には竜尾が付き添いのように歩をとっている。

ほかにも往来人は歩いている。大八車も町駕籠も通る。右善たちの繋《つな》がりに、なんの違和感もない。

駕籠の垂からお菊が顔をのぞかせ、まだ目にしていない敵の姿を確かめようとしないのは、右善たちを信じ切っているからであろう。

瀬島伝内は、ゆっくりとした足取りである。

掘割の短い橋を渡り、さらに角を曲がった。

若い女が白だすきに白鉢巻で尾けたのでは、それだけで何事と野次馬がうしろにつながることになるだろう。このためにも、事情を知った権三と助八の駕籠は必要だったのだ。

瀬島伝内があと一度、角を曲がれば浜町である。両脇に町家がならんでいる。

おととい検分のとき、定めたのはそこである。

右善が笠をかぶったままやおら足を速め、瀬島伝内との間合いを縮めた。

あと一歩踏みこめば、素っ破抜《すっぱぬ》きのかけられる範囲となった。

伝内は歩を進めながらふり向いた。

「ほう、お気づきか」

右善は伝内の歩に合わせながら声をかけた。

伝内は足を止め、笠の中をのぞきこむ仕草になり、

「貴殿は？　それがしに何か用か」

「元安中藩士、瀬島伝内。ここで会《お》うたが百年目と言えば、身に覚えがあろう」

「なにっ」

伝内は驚愕しながらも一歩飛び下がり、刀に手をかけた。すでに腰を落とし、受けて立つ構えになっている。

（できる）

右善はとっさに感じ取った。

素っ破抜きはもうできない。

刀を抜き、正眼《せいがん》に構えたのは双方同時だった。

伝内も右善との間合いを測っている。

駕籠を出たお菊は抜き身の懐剣を手につつつと走り寄った。ぴたりと竜尾が横についている。抜き身の脇差を手にしていた。駕籠の中の脇差はお菊用ではなく、竜尾用だった。

すでに野次馬が集まりはじめている。

「斬り合いだあっ」

声が飛んだ。

たちまち往還にざわめきは広がり、

「どこだ、どこだあっ」

わめきながら駈け出す者もいる。

すぐ近くで女の悲鳴も聞こえる。慌てて誰かとぶつかったのだろう。

色川ら隠密廻りも走り出て、一見野次馬に見えるがお菊を護る位置に着いていた。

突如として騒ぎの渦中《かちゅう》に置かれたことに、瀬島伝内は狼狽を見せた。右善の大刀の切っ先は、伝内に向けられている。

白い鉢巻にたすき掛けのお菊が、脇差を構えた竜尾に護られるように、一歩踏み出た。

このとき、すでにできていた人だかりは静まりかえった。お菊の声を、周囲は聞いたのだ。

「そなた、瀬島伝内であるな！」

「ううっ」

「元上州安中藩勘定方《かんじょうがた》、志方杉右衛門《しかたすぎえもん》が娘、本懐なかばに死せる兄に代わり、父の仇を討たん。いざ瀬島伝内、覚悟いたせ！」

仇討ちの名乗りである。

右善が大刀を正眼に構えたままつないだ。

「元北町奉行所隠密廻り同心、児島右善、義によって助太刀いたすっ」

「おなじく明神下鍼医、竜尾、助勢いたしまするっ」

「おぉぉぉ」

事情がわかり、周囲にどよめきが起こった。集まった群衆がいずれに肩入れするか、これで決まった。

「くくくっ」

伝内はうめき声を洩らし、

「だあーっ」

真正面の右善ではなく、わずかに向きを変え、お菊に打ちかかった。

「きゃーっ」

群衆からの悲鳴である。

鼓動ひと打ちの間も置かず、右善の身は動いていた。

ひと足踏みこむなり、

――キーン
群衆は固い金属音を耳にした。

右善の大刀の切っ先が、伝内の打ち下ろした刃を撥《は》ね返していたのだ。

両者数歩飛び退き、ふたたび向かい合った。二人とも構えが下段に変わっている。

このとき右善の目は、脇差を正眼に構えた竜尾が、お菊の前に躍り出たのを慥《しか》と見た。

「おぉぉっ」

驚嘆した。右善に層倍の勇気を与えるものだった。

驚嘆の声と同時に、右善は間合いを置かなかった。

「たーっ」

踏みこみ、下段から逆げさ斬りに切っ先を撥《は》ね上げた。

「おおぉぉぉ」

安堵したようなどよめきが群衆から伝わって来た。それらのどよめきは、明らかに右善に肩入れしているものであった。

伝内もそれを感じていよう。一歩、さらにもう一歩跳び退《さが》ってから打込む算段だった。だが、二度もつづけて退《すさ》ったのが、防御の態勢を崩し、隙《すき》をつくってしまった。

「だあっ」

打込んだのは、伝内の動きに合わせて踏みこんでいた右善だった。

上段から切っ先を打ち下ろした。

その切っ先が伝内の胸を裂いていた。

「ううううっ」

伝内のうめきとともに鮮血が噴《ふ》き出る。

その身は大刀を振り上げたまま、うしろへ数歩よろめいた。

右善はふたたび下段に構え、

「お菊どの、止《とど》めを！」

「はいっ」

返事は竜尾だった。

同時に背を押されたか、お菊は、

「父のかたきーっ」

懐剣を帯の前で支えるように持ち、跳び出た。

体当たりするお菊の身に、まだ噴いている鮮血が降りかかるのと、

「うぐっ」

懐剣の切っ先が伝内の腹に刺しこまれるのが同時だった。

伝内は刀を落とし、お菊の懐剣を腹に呑んだまま、背後へのけぞるように倒れこんだ。

お菊は懐剣を離し、その場へ素手のまま立ちはだかった。

「ううっ、うううっ」

伝内は懐剣の突き立った腹を両手で押さえ、苦しみもがいている。

右善は叫んだ。

「武士の情け！　お菊どの、止《とど》めをっ」

「これをっ」

お菊とともに飛び出していた竜尾が脇差を渡した。

「感謝！」

受け取ったお菊はそれを逆手に持つなり、

「お覚悟ぉーっ」

叫び、伝内の心ノ臓に突き立てた。

動きが止まった。

伝内は最期まで、心の統一ができなかったようだ。

恐怖から静まりかえっていた周囲に、

「おーっ」

歓声ではない。安堵を帯びた低い声が上がった。

こわごわと人囲みの中から出てきたのは、浜町の町役二人だった。

すかさず、職人姿の色川矢一郎が十手を手に歩み出た。

「尋常なる仇討ちであった。それがしが見届け人である」

「えっ。お奉行所の⁉」

「その形《なり》、隠密廻りのお方⁉」

「さよう。死体を自身番に運ばれよ。さらにこの女人《にょにん》お二方《ふたかた》には、自身番にて暫時お休みいただくのじゃ」

「は、はい」

「承知」

同心の身分を示す朱房の十手を見せられては、応じざるを得ない。

お菊はむごいほどに返り血を浴び、放心状態になっている。竜尾も血しぶきを受け、右善も浴びていた。

「旦那！」

と、申し合わせどおり、権三と助八が空駕籠を担いで来た。二人とも顔が紅潮している。

「ふむ」

右善はうなずき、お菊に、

「これより安中藩上屋敷へ報せに参る。ここの自身番でしばし待つのじゃ」

言うと駕籠に乗り、垂を上げ色川に視線を向けた。

「あとはよしなに頼んだぞ」

「承知」

色川が一礼するなかに、

「あらよっ」

「ほいさっ」

駕籠が動き、

「おー、おおぉ」

群衆は道を開けた。

五

お菊が脇差を瀬島伝内の心ノ臓に刺しこんだのを確認すると、遊び人姿の隠密同心は人混みをかき分け、輪の外に出るなり走った。

この同心の報せが、永代寺門前仲町と東町の自身番への第一報となるだろう。永代橋にその足音が響いた。うわさの前を走っている。橋の上の往来人は怪訝《けげん》そうに、遊び人に道を開けた。

門前町の大通りに入ると、同心は歩をゆるめ、単なる急ぎ足に変わった。その足が門前仲町の自身番に入り、開口一番、

「本懐成就《ほんかいじょうじゅ》」

「ほう、やったか」

いましがた着任したばかりの与力が応え、

「これで松平さまをはじめ幕閣の方々に、お奉行の面目も立つぞ」

と、そのほうがさきに口から洩れ、

「で、このあとの方策はどうなっておる」

「はっ。それがしがこのまま東町へ」

遊び人姿の隠密廻りは土間に立ったまま返した。

いずれの町の自身番も、土間が広く、壁に町名の墨書された弓張提灯《ゆみばりちょうちん》とともに突《つく》棒《ぼう》や刺股《さすまた》などの捕物道具が立てかけられている。寄付《よりつき》の部屋が畳敷きでここに町役たちが詰め、奥には板敷きに板壁の部屋があり、柱には縄目をつなぐ鉄の鐶《かん》が取り付け

られている。町内で胡乱《うろん》な者や狼藉者《ろうぜきもの》を押さえたとき、役人が出張って来るまでこの部屋に拘束する。

いま町役たちは隅に押しやられ、畳の部屋には与力と同心が陣取り、廊下にも板敷きの間、それに土間にまで六尺棒の捕方たちが満ちている。

遊び人姿の隠密廻りが急ぐように出ると、詰めていた定町廻りたちが、

「こうなっております」

と、黒羽織を脱ぎ、着物を尻端折《しりはしより》に打込み装束となり、捕方たちに待機を命じると、ここでも東町同様に町役たちに出入りを禁じた。

「ふむ。いよいよじゃな」

与力は満足げにうなずいた。

東町の自身番でも、隠密廻りの知らせを待っていた。

腰高障子が動くと、土間に立っていた捕方たちは脇に寄った。

遊び人姿の隠密廻りは寄付の部屋に上がり、右善が瀬島伝内を呼びとめたところから、お菊が止《とど》めを刺したところまで話した。

善之助はホッとした表情になった。

隅に座っていた町役たちも、

「えぇえ、浜町で仇討ち！」

「それもお嬢さまが⁉」

と、かれらにすれば降って湧いたような話に、驚愕の声を上げていた。ここでも仲町の自身番同様、打たれた人物が鬼十一家の用心棒、瀬上伝次郎であることは伏せられた。

このうわさが永代橋をわたって深川にながれてくれば、鬼十一家は大混乱に見舞われるだろう。これまで受け身であった昇五郎一家が、この一瞬を巻き返しの好機と見るのは明らかだ。

詳しい話がながれて来るのは、きょう午過《ひるす》ぎになろうか。

善之助は、

「さあ、われらも」

と、同輩の松村浩太郎とうなずきを交わした。松村は、

「よし」

立ち上がり、捕方に出動を命じようとしたときだった。これから町にくり出し、スリを引っ捕らえ自身番に引き挙げるためである。現行犯でなかろうと、岡っ引がすで

に何件か目撃し、抜き取った簪をふところにしている者もいる。

おもてが不意に騒がしくなった。

何事かと善之助も松村も土間に飛び下りた。

腰高障子が開いた。岡っ引の藤次だった。かねて見知った祥助配下のスリを一人、腕をねじ上げ引き挙げて来た。

「この野郎、あっしの目の前で巾着を切りやがったんでさあ。きょう三回目ですぜ、我慢できずひっ捕らえやした。ころあいもそろそろかと思いやすが」

言いながら土間に突き倒した。たちまち捕方たちの六尺棒に押さえこまれ、スリ男は観念するよりも恐怖に顔を引きつらせた。腕に入れ墨のある男だった。つぎは遠島か死罪かもしれない。

善之助は口早《くちばや》に藤次に質《ただ》した。

「一人か。二人組んでいなかったか」

「切りやがったのはこいつ一人で、近くに仲間はおりやせんでした。まずかったですかねえ」

「そういうことはない。でかした」

善之助は返し、

「松村さん、私はすぐさまこやつらの棲家へっ」

「頼みましたぞっ」

松村は応えるとスリ男に縄をかけ、奥の板敷きの間へ引き立てた。

「ふむ。このこと、それがしが再度仲町へっ」

言うなり東町の自身番を飛び出ようとする隠密廻りに、

「お願いしますぞっ」

声をかけ、善之助は捕方五人を引き連れ、仲町の不動一味の棲家に向かった。もう誰はばかることもない。スリどもに打込みをかけるのだ。

スリたちの動きも迅速だった。仲間が挙げられたら、即座に棲家を引き払う。スリに限らず、盗賊の鉄則である。

藤次が一人を取り押さえたとき、相方《あいかた》の一人は近くで見ていた。

逃げた。

臆病でも卑怯でもない。祥助が日ごろから命じていた。

「――一人が押さえられりゃ、相方はともかく逃げ、棲家《ここ》に知らせるのだ」

手下はそれを実行したのだ。

仲町のスリどもの棲家では、

「逃げるぞ。つづけ！」

もう幾度も経験しているのか、その行動は素早かった。

善之助が捕方五人を引き連れ、不動一味の棲家に打込んだときには、祥助はもういなかった。善之助が捕えたのは、お宝を惜しんで取りに戻った一人だけだった。

打込み装束の同心に率いられた捕方たちが、六尺棒を小脇に町中《まちなか》を走ったのでは目立つ。それらが町内の鬼十一家のねぐらに伝わらないはずがない。

「なんだと！」

鬼十は驚いたが、スリや盗賊の一味ではない。土地を離れられない。

鬼十は配下たちに言った。

「いいか、野郎ども。俺たちゃ祥助の一味とは一切、係り合いはねえ。すました顔をしているんだ」

「へいっ」

代貸の元次をはじめ、配下の者たちはそれが当然のように応じた。

瀬上伝次郎が討たれた話は、まだ伝わっていない。

スリが跋扈《ばっこ》した東町の自身番には、定町廻りの松村浩太郎とその配下の捕方五人が残っている。その役務は、町の見まわりよりも、町役たちの禁足を徹底することだった。

仇討ちの発生、スリの捕縛、その棲家への打込み。話題にこと欠かない。さっきも町役の一人が、

「商いが心配じゃで、ちょいと商舗《みせ》を見て来ます。すぐ番頭を代わりに寄こしますじゃで」

と、自身番を出ようとした。

「ならぬ！」

松村浩太郎の口調は強かった。

一方、仲町の自身番も、スリの捕縛とその棲家への出動が伝えられ、緊張が増していた。打込み現場は町内なのだ。さきほどから出たり入ったりしている遊び人風の男が、与力と同心の会話から、隠密廻りであることも判ってきた。同心も捕方も、いますぐにも飛び出しそうな勢いである。

この仲町でなにかが動いている。しだいに町役たちは落ち着きを失った。さきほども一人が商いを口実に自身番を出ようとしたが、捕方が腰高障子に六尺棒で十の字を

組んだ。

「いましばらくだ」

同心の一人が言った。

与力がその同心に言った。

「おまえたちが打込むのはいつじゃ」

「えっ、また打込み？　こんどはどこへ」

言ったのは町役の一人だった。やはり町内でなにかが起こっている。町役たちは部屋の隅で固唾《かたず》を呑んだ。

「いま、間合いを測っております」

同心の一人が与力に応えたときだった。

六尺棒の捕方が一人、仲町の自身番に飛びこんで来た。善之助の配下についている捕方である。土間に立ったまま言った。

「いましがた、打込みました」

「おう」

仲町に待機していた同心二人が応え、

「行くぞ」

ふた組の捕方が自身番を走り出た。

このあいだに遊び人姿の隠密廻りは、人知れず自身番を出てふたたび市井《しせい》に紛れこんでいた。

仲町の住人たちも、ただでさえ異常であったこれまでのようすに、きょうはまだ午前というのに、きのうまでと異なるものを感じ取った。自身番の前にも、幾人かの野次馬が集まっていた。

それらが、打込み装束の同心を先頭に一斉に出て来た捕方たちに、

「おーっ」

数歩あとずさって道を開け、あとを追った。

野次馬たちはすぐに、捕方の一群が向かっている先を知った。

鬼十一家のねぐらでは、ついさっき祥助たちの棲家が手入れされたと伝わったばかりである。その直後に、打込み装束の同心に率いられた一群に、玄関先を固められたのだ。善之助の率いる捕方たちである。

「なんなんだ、いってえ」

子分たちは慌てた。

鬼十は代貸の元次を外へ物見《ものみ》に出そうとしたが、元次はすぐ部屋に戻って来て、

「いけませんや。六尺棒に押し戻されやした」

「なに⁉」

と、鬼十は起きている事態が呑みこめない。祥助が捕縛され、一味と鬼十一家との係り合いを白状したところで、せいぜい元次あたりが自身番に呼ばれる程度だと考えていた。役人に一家のねぐらへ踏込まれる筋合いはない。

だが、おもてを捕方に固められている。

そこへさらに、スリ一味への打込みを終えた、善之助の率いる一群が合流した。

「おう」

「おぉう」

同心たちはうなずきを交わし合った。

すでに筋書はできている。それは捕方たちにも知らされている。数をそろえ、一挙に踏込むのだ。

「行くぞーっ」

「おーっ」

――ガシャッ
かけ声とともに玄関の蹴破られる音が立った。

一家の者は抵抗することも逃げることもできない。たちまち鬼十と元次が縄をかけられ、座敷に引き据えられた。子分どもで縄をかけられたのは、脇差を抜いて抵抗しようとした二人だけだった。他の子分どもは、

「おめえらに用はねえっ」

と、同心に一喝され、他の部屋や庭でただおろおろするばかりだった。侠客《きょうかく》気取りの与太どもにとって、打込んで来た役人に〝用はねえ〟と一蹴《いっしゅう》され、抵抗しなければ捕縛もされないでは、これほど情けない姿はないだろう。

座敷では、畳の上でうしろ手に縛られ肩を六尺棒で押さえこまれた鬼十が息巻いていた。

「俺たちがなにをしたってんでえ。この門前町で旦那方の手をわずらわせねえように と、俺たちが日夜働いてんだぜ。それがなんでえ、この縄目はっ」

「そうさ。こっちはお奉行所から褒美《ほうび》をもらいてえくれえだっ」

元次も代貸の意気を示した。

「うるせえっ」

「痛《いて》！」

善之助に十手で頭を小突《こづ》かれ、元次は悲鳴を上げた。

「おめえら、スリどもをこの町に集め、捕まえやすくしてくれたなあ。その褒美がこれだと思え」

「痛!」

こんどは鬼十が声を上げた。

善之助にしては、気の利いたことを言ったものである。だが、せっかくの打込みで捕えたスリは一人である。スリ一味の動きの素早さを、あらためて思い知った。だがこの期間中に、数名のスリの顔やその手口を実地に知ったのは収穫と言えた。

しかし、不動の祥助を取り逃がしたことの重大さに、善之助たちはまだ気づいていなかった。

同心たちはふたたびうなずきを交わし、つぎの行動に移った。

なにがしかの嫌疑をかけた者は、藤次がスリ一人を東町の自身番に引き挙げて来たように、まず町の自身番に引き挙げる。そこで簡単な詮議をし、解き放つ者は解き放つ。酔っ払いや行きずりの喧嘩などがこれに当たる。さらなる詮議の必要な者は茅場《かやば》町《ちょう》の大番屋に引いて本格的な詮議をし、そののちに小伝馬町の牢屋敷に送り、奉行所でお白洲《しらす》での吟味となり、刑罰が裁許される。

鬼十と元次は、あいだを抜かしていきなり茅場町に引き挙げた。もともと、そうしてこやつらを深川の門前町から引き離すのが目的だった。スリ二人も、直接大番屋送りである。

縄目の者が幾人も数珠《じゅず》つなぎになり、打込み装束の同心を先頭に、二十人近くもの捕方に左右を挟まれ、永代橋を西に渡った。

「ふーっ」

門前仲町の町役たちは、一様に安堵の息を大きくついた。もし鬼十と元次が自身番に引き挙げられたなら、町の緊張は極に達し、出費もさらに重なることになるところだったのだ。

このものものしい行列に、船番所の役人も近くの住人も驚いたことだろう。西手の浜町で仇討ちがあったと思えば、こんどは東手から門前町の店頭たちが引かれ者となって通り過ぎたのだ。

すでに永代橋あたりにながれていた仇討ちのうわさが、深川一帯にながれこんだのは、このすぐあとだった。

そこには討たれたのが鬼十一家の用心棒で、瀬上伝次郎だったことも慥《しか》と語られていた。

六

浜町の仇討ち現場のほうは、どうなっていたろうか。

職人姿ながら、十手を手にした色川矢一郎の差配で、お菊と竜尾には浜町の自身番にいざなわれ、しばし休息の場が用意された。二人は血潮を浴びている。世話役に町内の女房衆や娘たちが動員された。

現場となった町角は、町役たちの差配で血を吸った土はいずれかへ運ばれ、掃き清められた。そこはこのあと永く、仇討ち本懐の場として語り継がれ、町の名所となることだろう。

右善は、

「えっほ」

「ほいっさ」

と、権三と助八の担ぐ駕籠に揺られていた。二人とも疲れなど感じず、晴れがましい気分で足を運んでいた。

まだ陽が高い時分である。

一ツ橋御門外の安中藩上屋敷の正面門は、重役の出入りでもあったのか八の字に開かれていた。

駕籠舁き二人は、かけ声とともに駈けこもうとした。

「待て、待ていっ」

六尺棒の門番に停められた。当然である。大名屋敷だ。町駕籠が自儘《じまま》に出入りできるはずがない。

右善は地に下り立った。血潮を浴びている。

「なにやつ！」

門番たちは身構え、誰何《すいか》した。

右善は口上を述べた。

「元北町奉行所隠密廻り同心、児島右善。貴藩国許《くにもと》の元勘定方、志方杉右衛門が娘お菊、父の敵、瀬島伝内を見事討ち果たしたること、報せに参った。しかるべき役職のお方に、お取次を願いたーいっ」

大音声《だいおんじょう》だった。

母屋にも聞こえていた。

藩の横目付《よこめつけ》が走り出て来た。

右善は部屋に通され、藩邸は忘れて久しい名を思い起こしたか、騒然となった。

そのあいだ、権三と助八は門番詰所で茶を出され菓子も出され、集まって来た中間《ちゅうげん》たちを相手に、

「俺たちもよう、こう、棒を構えてよう」

「いやあ、ご当家のお菊さまの体当たり、凄《すさ》まじかったぜ」

身振り手振り語った。

棒を構えたというのは大げさだが、血潮が飛び散りお菊が脇差で止《とど》めを刺した場面など、誇張ではなかった。

安中藩上屋敷から早馬が一騎駈け出たあと、女乗り物で四枚肩《しまいがた》の権門駕籠が二挺、正面門を粛々と出た。藩士に腰元などのお供がつき、中間が担ぐ挟箱《はさみばこ》の中には女用の着物二重《ふたかさ》ねが入っている。右善が、

「お菊どのと助勢の竜尾どのは、大量の返り血を浴び……」

と、藩邸の重役たちに語ったのだ。話す右善も、返り血を浴びている。

右善は藩邸が出す権門駕籠を固辞し、権三と助八の町駕籠で帰った。お菊を運んだということで藩邸から思いがけない褒美の〝酒手〟が出て、二人はホクホク顔になっ

ていた。

神田明神下に帰り着いたのは、陽が西の空にかなりかたむいた時分だった。権三が冠木門の潜り戸を叩くと、留造が母屋からころがるように飛び出て来て門扉を開け、

「えっ、お師匠は！　お師匠は？」

叫ぶように言ったものである。

お定もよたよたと走り出て来た。

「へへん、首尾は上々」

「安中藩から武家のお駕籠が……」

右善よりも権三と助八が交互に話すと、二人とも、

「ふーっ」

と、大きく息を洩らし、その場にへたりこんでしまった。

外神田では、江戸湾に近い浜町からのうわさはまだながれて来ない。朝も暗いうちに送り出し、きょうの休診を知らない患者が冠木門を叩けば、

「遠くから往診を頼まれ、三八駕籠で右善さんが薬籠持になり……」

と応え、いままで生きた心地もなく待っていたのだ。三八駕籠とは、権三と助八の駕籠の、近辺での通称である。

居間でひとしきり二人からなかば自慢話を聞き、それではと夕餉の用意にかかり、それも終えたころだった。すでに日の入り時分になっていた。冠木門のところでちょっとした騒ぎがあった。

何事と近所の住人が見に来たのも無理はない。竜尾が安中藩差しまわしの女乗り物で帰って来たのだ。着物は新しくなり、供の武士や腰元までついていた。

女乗り物の一行は竜尾を降ろすとすぐに帰ったが、

「へへん、きょうよ」

と、権三が集まった衆に言いかけたのを右善が、

「いやいや。きょうの往診はさる高禄の旗本屋敷じゃったものでなあ」

と、言いこしらえた。

右善には、深川のようすが心配だった。おそらく色川矢一郎が状況を知らせに来るだろうが、そのとき仇討ち話で療治処に人が押し寄せていたのでは、じっくり話を聞けなくなる。

権三は大いに不満顔だったが、集まった住人たちは納得した表情で帰った。ちょうど日の入りのときでもあったのだ。

けさの暗いうちでの朝餉のときとおなじだった。居間でまた六人が膳を前にそろっ

た。酒が出された。療治処の居間で権三と助八が朝に引きつづき、夕の膳まで与《あずか》るのは初めてなら、そこに酒が出るのもまた初めてだった。右善もこれまで、竜尾と酒の席を一緒にしたことはなかった。

竜尾の話では、安中藩が浜町の自身番に充分な手当てをし、二挺の女乗り物は神田の大通りで別れ、お菊の駕籠も、もう藩邸に着いているころだという。

「お菊さん、着替えをして女乗り物に乗るときは、もうすっかり裏店《うらだな》住まいの娘さんから、安中藩勘定方志方家の姫になられましてねえ」

と、竜尾は目を細めた。

藩はこれまでお菊を厄介扱いにし、放っておいたのが、仇討ち成就となれば事情は異なる。藩の名誉であり、これから始まろうとしている松平定信のご政道にもぴたりと符合するのだ。

「わたくしもねえ、あんな大きなお駕籠に乗ったのは初めてでした」

浜町の自身番まで迎えに来たのが、権力を象徴する四枚肩《しまいかた》の権門駕籠だったから、竜尾はお菊を、裏長屋住まいの落ちぶれた娘から〝お嬢さま〟を飛び越えて〝姫〟と表現したのだろう。

「でもね」

と、竜尾はつづけた。

「内神田の大通りで別れるとき、お菊さん、わざわざ駕籠から出ましてね。引き戸を開けただけのわたしに、ふかぶかと頭をさげましてねえ」

「ほう」

右善は満足そうにうなずいた。

さっきから権三と助八は、盃を重ねながらそわそわしている。早く外に飛び出し、きょうの件を江戸中の同業たちに自慢したいのだ。それにはあしたの朝を待たなければならいことはわかっていても、気が急《せ》くのだろう。だが、このことを町内の者はまだ誰一人として知らず、知っているのは自分たちだけというのが誇らしくも思えてならなかった。

助八が盃をぐいとあおり、これまでずっと気になっていた問いを入れた。

「で、お菊さんのお父《とっ》つぁんが同輩に殺されなすった原因てのは、いってえなんなんでやしょうねえ」

「ふむ」

と、右善はうなずき、盃を口に運んでから言った。

お菊は右善に、

「——なにもかも、酒が悪いのです」

と、吐き捨てるように言ったことがある。

それに藩邸でも、国許で志方杉右衛門と瀬島伝内を知っていたという横目付《よこめつけ》の一人が、思い出したように、

「——あの二人、もともと反《そ》りが合わなかったからなあ」

と、ポツリと言ったのを耳にしている。

右善は敢えてそのことは話さず、

「武家とはなあ、理由がなんであれ、ひとたび親族が殺されれば、遺《のこ》された者は敵《かたき》を討たねばならんのが御掟《ごじょう》なのだ」

このとき座の祝杯は一瞬、苦杯のようになった。

「そうですよねえ」

竜尾が応じ、盃をゆっくりと口に運んだ。

そのようすに右善は、竜尾が瀬島伝内と向かい合ったときに覚えた迫力を思い起こした。竜尾はお菊に付添ったばかりでなく、伝内がお菊に打ちかかったとき、脇差を正眼に構えたまま前面に踏み出たのだ。度胸だけでなく、相応の心得がなければできる振舞いではなかった。

「竜尾どの。そなた、鍼術《しんじゅつ》だけでなく、剣術もやっていなさったのか」

「そうそう。あれには驚きやしたぜ」

「あっしなんざ、思わず目を閉じやしたぜ」

権三と助八もそのときの驚きを口にし、いまさらながらに肩をぶるると震わせた。

二人ともそのとき駕籠のうしろで、へっぴり腰になって棒を構えていたのだ。それだけでも、義侠心と勇気のいることである。

竜尾は下向きかげんになって首を横に振り、

「いえ、あのときはもう無我夢中でしたから」

言ったようすが、

(訊いてくださいますな)

語っているように見えた。

右善はそれ以上を訊かず、

「いまごろお菊さんは、藩邸で下にも置かぬ待遇を受けていようなあ」

と、また盃を口に運んだ。

実際、そのとおりだった。

「でしょうが、待っているわしらは、もう命の縮まる思いでしたじゃ」

「そう、そうでございましたよ」

給仕役にまわっていた留造とお定が思いをぶつけるように言い、座はふたたび華やいだものになった。

七

予想どおり、色川矢一郎が来た。権三と助八が駕籠を療治処に置いたまま、早く同業に話したいと焦りながらも、機嫌よく足元をふらつかせながら帰ったあとだった。

母屋の灯りは消え、裏庭の隠居部屋に火が入った。

「で、どうだった」

行灯の薄明かりのなかに色川とあぐら居で向かい合うなり、右善は訊いた。

色川は昼間の職人姿のままである。

浜町の自身番で安中藩からの反応を待つあいだも、遊び人姿の同輩が門前仲町と東町のようすを知らせに来ていた。藩邸からの早馬が到着して、迎えの女乗り物二挺が間もなく来ると聞くと、後事を浜町の町役たちに頼み、深川の門前町に引き返し潜行したという。

「善之助どのは鬼十たちを茅場町に護送する組に入り、さっそくきょうから大番屋で詮議《せんぎ》を始めたことでしょう。最初は、鬼十と元次が不動の祥助一味を呼び寄せ、スリを働かせたという証言を取ることに重点が置かれ、あすにも小伝馬町の牢屋敷送りになると思います」

「ふむ」

右善はうなずいた。善之助も、その詮議に加わっているのだ。

捕えたスリは二名で不動の祥助は取り逃がしたことを、色川が話すと、

「そうか」

と、右善はいくらか安堵を含んだ顔になった。祥助には、悪党といえど手首を斬り落としたうしろめたさがある。

捕えたスリ二名の詮議は、最初は鬼十一家との係り合いが中心であり、それが初犯か二回目か三回目かは、二の次になるだろう。

善之助たちは、その二名のスリに鬼十一家との係り合いを白状させるため、なんらかの取引をするかもしれない。スリにとっては、百敲きで放免になるか死罪になるかの分かれ目となるのだ。

(それもよかろう)

右善は思っている。科人《とがにん》との取引は、右善も幾度かしてきたのだ。

「引き挙げた者どもの詮議を進める一方、祥助たちの捕縛に、われら隠密廻りと定町廻りがふたたび合力しようと、もう話がついております。すでに面が割れておりますから、捕縛は時間の問題かと」

「ふむ」

右善はまたうなずきを返した。以前は哀れさから百敲きもせず放免となったが、こんどは死罪は免れないだろう。

(できることなら、生かしてやりたい)

右善の心の中には、その思いがある。不動の祥助がなぜ鬼十一家と手を結んだのか……。その真意は、右善も定町廻りも隠密廻りも、まだ思いの範囲外のことだった。あるのは、悪党どもが利のため結託したのだろうとの憶測だけである。

「町のようすは」

と、右善は話題を変えた。

与力は鬼十たちの護送のとき、あとはよしなにと帰ったという。

「東町の自身番には、松村浩太郎どのが捕方五名とともに陣取り、仲町にも定町廻り一名と捕方五名が残っております」

これも、事前に打ち合わせたとおりである。

浜町からのうわさが永代橋を越え、門前の大通りにながれこんだのは、そのすぐあとだった。討たれたのは瀬上伝次郎である。

うわさが大通りにながれると、当然鬼十一家と昇五郎一家のねぐらにもまっさきに入った。

ここからは自身番に陣取っている定町廻りよりも、自在に動ける隠密廻りの出番である。善之助の岡っ引藤次も、深川に顔を知られていないことから、色川と一緒に探索にあたっている。

鬼十一家では、以前から子分たちも瀬上伝次郎が敵持《かたきも》ちらしいことは気づいていた。すぐさま一人が確かめに走った。浜町で聞いた名は〝瀬島伝内〟であっても、それが瀬上伝次郎であることは、誰でも察しがつく。

物見が急ぎ帰って来た。

一家は騒然となった。

それは、親分と代貸が挙げられたあとだった。

兄貴分格の者が叫ぶように言った。

「うろたえるねえ！　いいか、みんな。東の昇五郎一家のやつらが、どう出るかわからねえ。当分、外へ出るんじゃねえ」

一同の者はしきりにうなずきを交わした。

これまで、叩き潰そうと攻勢をかけてきた昇五郎一家の、報復を懼《おそ》れてのためだけではない。

一家が敵持ちを用心棒に雇っていたことが、これまでの憶測だけでなく現実のものとなり、しかも討たれるのを助けることもできなかった。

俠客気取りの者たちにとって、これ以上の恥さらしはない。みっともなくて、おもても歩けないのだ。

「やつらめ、いまのところねぐらに逼塞《ひっそく》しております」

「そうだろうなあ。で、昇五郎のほうは？」

これからは、そのほうが気がかりである。

「やはり物見を浜町に出したようです」

「ふむ。で？」

「それが帰って来るなり、子分どもの出入りが激しくなりました。仲町のようすを見に行ったり、町場に散っている子分どもを呼び集めたりしまして」

「ふむ」

「憶測ですが、打込みの準備かと」

「考えられるな」

「ですから、すぐ自身番に知らせ、東町も仲町も、定町廻りが捕方を引き連れ、一層強く見まわりを始めました」

封じ込めである。いわば町方が、東の昇五郎一家の報復から、仲町の鬼十一家を護るかたちになった。

「陽が落ちてからも見まわりはつづけており、いまのところ、おもて立った動きはありません。それがしも今夜は岡っ引の藤次と、門前泊まりとなります」

「ふむ。しばらく目を離すな。このあとの措置が肝心だぞ」

「はっ」

右善は隠居前に戻ったような口調になり、色川もその心境で返した。

無頼どもの抗争は、こうしたときが最も危ないのだ。

だが右善は、お菊の仇討ちが成就した瞬間に、神田明神下に住まう鍼灸見習いのご隠居に戻っているのである。

しかしその周辺に、難を逃れた不動の祥助の影がちらつくはずである。祥助はすでに、おのれの手首の敵《かたき》、児島右善の居所を確かめているのだ。

八

お菊の仇討ちから一夜が明けた。

「これでお菊さんがらみで、ここを閉めなくてようなったわい」

と、留造は日の出とともに晴れやかな気分で冠木門を開けた。

朝の納豆売りや豆腐屋、しじみ売りなどがいつもの触売《ふれうり》の声とともに入って来て、あちこちの商舗《みせ》や長屋の路地からも火を熾《おこ》す煙がただよってくる。

そうした朝のひとときが終わったころ、

「へへん、きょうは患者の仕事、ありやすかね」

「なかったらちょいと遠くまでながそうと思いやしてね」

と、権三と助八が、昨夜、置きっぱなしにした駕籠を取りに来た。

「そうね。できたら午前《ひるまえ》に一度、顔を出してちょうだいな」

療治部屋の障子を開け放し、鍼の準備をしていた竜尾が返し、薬種の分類をしていた右善も言った。

「やあ、二人とも。こんど肩が凝ったら、儂《わし》が鍼を打ってやるぞ」

「へえ、そのうち」

「さあ、行こうぜ」

権三と助八は空駕籠を担ぎ、逃げるように冠木門を出て行った。

「ふふふ、あいつらめ」

苦笑いをしながらつぶやいた右善に、竜尾がすかさず言った。

「それでは右善さん、患者さんが来るまえに、鍼の修練をしましょうか」

右善は薬草学にはかなり詳しくなり、鍼も剣術や十手術、手裏剣などで鍛えているせいか手先が器用で、もう自分の手や足に試し打ちをする段階に入っていた。

実際、竜尾も、

「ほんとう上達が早いですよ」

と、感心している。

それでもまだ、

「痛いっ」

と、自分で打って自分で声を上げているところへ本物の患者が来て、やがて午《ひる》近くになった。

その時分になると、江戸湾に近い浜町のうわさが、外神田にもながれて来ていた。

媒体《ばいたい》はおもに行商人である。権三と助八も、そこにひと役買っていることだろう。なにしろ当事者の一翼を担っていたのだ。

神田明神下の住人たちには、

「そういえば」

と、これまでの療治処のようすから思いあたる節がある。

そこへ、療治処に来客があった。

腰元と中間を随えた武士、安中藩の上屋敷からだった。きのう、竜尾を乗せた権門駕籠についていた顔ぶれだった。用件はきのうまでの礼を鄭重に述べ、右善と竜尾に駕籠舁きともども、

「殿が在府なれば、明後日、藩邸までご足労願いたい」

というものであった。お菊は右善との出会いから本懐成就までのすべてを、藩邸で語ったようだ。右善と竜尾も、その後のお菊のようすが知りたいところである。

このとき、療治部屋にも待合部屋にも患者がいた。この来客がきっかけで、仇討ち助勢のことばかりでなく、右善が元北町奉行所同心であったことも、

「やはりそうでしたか」

と、町内に知れわたった。

使者は冠木門を入ると、庭先から療治部屋と待合部屋に向かい、

「元北町奉行所同心、児島右善どのはここに在《おわ》そうか」

と、大声で訪《おとな》いを入れたのだ。

権三と助八が竜尾に言われたとおり、

「いやあ、もうどこへ行ってもえれえ評判ですぜ」

と、午前《ひるまえ》に戻って来たのは、安中藩の使者が帰ったすぐあとだった。もちろん、当人たちも〝えれえ評判〟の一翼を担っていた。

二人はその評判よりも、待合部屋の患者から、

「おまえさんたち、知っていたのじゃないのかね」

と、問い詰められ、困惑した。

仇討ちのことではない。

留蔵から、

「もう右善さんの以前なあ、伏せておくことはなくなったよ」

と、告げられ、困惑のなかにもかえってホッとしたものだった。知っていて黙っているほどイライラの募ることはない。

あした右善と竜尾のお供で安中藩の上屋敷に招かれたことには、待合部屋の患者が

見ている庭先で、

「いえっほっほい」

「やっほっほ」

と、小躍りして喜んだ。またひとつ、自慢の種が増えるのだ。


午後には、八丁堀から嫁の萌《もえ》が来た。

萌は義父の右善が敵《かたき》と間違われたと聞いたとき、笑いころげたものだったが、その後の経過は心配だった。きのう、善之助から話を聞き、うわさも八丁堀界隈までながれて来たことから、

「竜尾さまともどもおケガはないか、もう心配で」

と、ようすを見に来たのだ。右善にも竜尾にも負傷のなかったことに、ほんとうに安堵の表情を見せた。

それよりも右善には、その後の鬼十らの詮議が気になる。

「帰り、悪いが茅場町の大番屋に寄って、善之助に、もうここへ黒羽織で直接来てもいいぞと伝えておいてくれんか」

「えっ、いいんですか」

問い返す萌に竜尾が、

「さっきご大層に安中藩のお方が見えて、右善さんの前身が町内に知れわたってしまいましてねえ」

と、言ったのへ萌は、

「まあ。思わぬ副産物でしたねえ」

と、また口に手をあてて笑った。

茅場町は八丁堀のとなり町で、神田からなら帰りの道筋でもある。これで詮議に進《しん》捗《ちょく》があれば、これまでのように近くまで来て遣《つか》いを寄こすのではなく、直接来ることであろう。早ければきょうか、遅くとも、あしたには具体的な進展があるはずだ。

きょうだった。

ちょうど陽が沈んだころである。

「まあ、お珍しい」

と、竜尾は善之助が来たのを喜び、母屋に上げようとしたが、

「大事な用じゃで」

と、右善が裏手の隠居部屋にいざなった。

さっそくおもてでは、

「さっき、八丁堀の旦那が、療治処の冠木門を入って行ったぞ」

「やっぱり右善の旦那、まえは八丁堀だったってえの、ほんとうだったんだ」

と、あらためて町内にうわさが広まりはじめていた。

「ほう。萌から話は聞いていましたが、こんなところでしたか」

と、善之助がひと間しかない部屋にあぐらを組んだとき、おりよく職人姿の色川矢一郎が来た。右善の隠居部屋はちょうど、詮議の報告と現場の動きの情報交換の場となった。

色川が語った。

表面上は町方の見まわり強化によって平穏は保たれているが、仇討ちの一件が詳しく伝わるにつれ、鬼十一家に残っている者はいよいよおもてに出歩きにくくなり、ねぐらに一同が逼塞《ひっそく》しているという。

「ついきのうまでの威勢も形《かた》なしだなあ。で、松村は東の昇五郎一家を抑え切れているのか」

「いまのところは。周辺の小ぶりな店頭どもは、奉行所の鬼十への沙汰の結果を見守っているようです。無罪放免になるか、江戸所払いか……と。どちらにころんでも、その瞬間が最も刃傷沙汰《にんじょうざた》の起こりやすいときで、私も松村どのも、固唾を呑む思いでそのときを待っております」

「その儀なれば」

善之助が言った。

「私としては、気の進まぬ方途だったのですが、捕えたスリ二人に初犯として百敲きとする代わりに、鬼十と祥助の結託していたことを証言させました。よって鬼十や元次の無罪放免はありません。あと、逃走中の祥助を捕え、結託がどの程度のものかを吐かせれば、殺しなどの余罪があれば打首、それがなければ軽くても江戸所払い。重ければ遠島でしょうか。ともかく鬼十も元次もなかなかの強情者《すじもの》で、三下《さんした》の証言などで俺を裁くのかなどと、祥助との係り合いさえ否定している始末で、いささか手こずっております」

吊るしや水攻め、膝に石を抱かせるなどの牢問《ろうとい》にかければ吐くかもしれない。しかし、それは冤罪《えんざい》を生みやすく、そうした詮議は同心の恥とされており、与力もなかなか許可を出さない。右善はこれまで、科人を牢問にかけたことはなかった。善之助もやらないだろう。やはり祥助を捕えて吐かせる以外ない。

「それに父上、いささか気になることが」

と、右善へ伏せ目がちに視線を向けた。

「ん？　気になるとは、なにがどのように」

「その三下のスリどもですが……」

と、語りはじめた。

捕えた二人のスリは、粗莚《あらむしろ》の上でうしろ手に縛られたまま善之助を見上げ、

「――旦那、児島さんって名のようだが、右善って野郎のせがれさんですかい」

と、訊いたという。善之助が、それがどうしたと問い返すと、

「――うちの親方を取り逃がしなすったねえ。

と、不気味な含み嗤《わら》いをしたらしい。スリどもの言う親方とは、むろん不動の祥助のことである。

「あの目つきは二人とも、祥助を取り逃がしたことを、嘲《あざけ》っているだけのようには思えませんでした。父上は以前、祥助の右手首を斬り落としたと言っておいでしたねえ」

「ああ、七年前だった。不憫《ふびん》で百敲きも免じて解き放した。もうスリはできなくなったから、なにかまともな商《あきな》いにでもついていてくれればと思うておったのだが、いまだにスリの一味を率いておったとはなあ。おそらく余罪もあろう。こんどは可哀相だが、死罪は免れぬかなあ」

「さようなことではありませぬ。気になるのは、祥助を取り逃がしたと言ったときの、あの不敵な嗤いと目つきです」

「うーむ」

右善はうなり、そこにできたわずかな沈黙を、色川が言いにくそうに埋めた。

「祥助め、あの門前町ではいつも右手をふところに入れておりましたが、……ひょっとすると、右善さまへの報復などを……」

「ふむ」

右善はまたうなずき、

「まだ足を洗っていなかったとなれば、考えられぬことではないな。なあに、儂の前に現われたなら、あらためて御用にしてやろう」

「しかし、父上」

「あははは。儂はここで静かに人のためになりたいと思うておったのだが、お菊さんに斬りつけられたり、祥助に狙われたり、忙しいもんだのう」

「父上、笑い事ではありませぬぞ。われらの不意の打込みをかわすほどのすばしこい男です」

善之助は真剣な表情で言った。色川も真顔になっていた。

右善は言った。

「おまえたち、このことは竜尾どのにも権三と助八にも、話してはならんぞ」

「はっ」

善之助と色川は応じた。

四　裁許

一

それからは一層、仕事にも張り合いが出た。

権三と助八である。行くさきざきで〝浜町〟を話題にし、仕事仲間たちは聞き入った。それらがまた、

「俺たちの同業がよう……」

と、大八車や荷馬の荷運び人足たちに自慢していた。

「お大名家に呼ばれてよう、殿さんから感謝の言葉よ」

との話が加わったのである。

安中藩の上屋敷で、右善と竜尾は実際に藩主の板倉勝暁《かつとし》にお菊と一緒に拝謁し、感

謝の言葉を賜《たまわ》った。権三と助八は前日とおなじく、中間部屋《ちゅうげん》で待たされた。だが、中間たちが驚くほどの膳を腰元が運んで来て、酒も出された。それをまわりの者と一緒につつき、呑んだものだから、居合わせた中間たちは大喜びだった。しかも、お菊が直接、中間部屋まで二人に会いに来て、駕籠の礼を述べたのだった。

だから権三と助八の話は、誇張とは言えない。

このとき竜尾と右善が、権三と助八に伏せた話が一つあった。

御座ノ間を辞してから、政庁の一室で藩の重役から竜尾に、江戸藩邸の侍医《じい》にいかがかとの話があったのだ。このとき、重役を前に右善と竜尾はならんで座していた。

右善は竜尾がいかに応《こた》えるか、固唾《かたず》を呑んだ。

町医者にとって、大名家の御典医など高嶺の花であり、ある程度、評判のいい医者で野心があれば、賄賂《まいない》を使ってでも射止めたい地位である。

ところが竜尾は、

「わたくしは、いまのままを続けとうございますれば」

と、辞退したのだ。

右善は驚くとともに、ホッと胸をなで下ろした。

これを権三と助八に伏せたのは、うわさが町内に広まるのを懸念したからだった。

板倉家から侍医の話が〝あった〟というのが、人の口を経るうちに〝なった〟と変化しかねない。

藩邸で重役は、

「そうであれば」

と、しつこくは言わなかった。唐突《とうとつ》のことであり、竜尾は単に戸惑っただけと重役は解し、

(この話はいずれ)

と、思ったのかもしれない。

右善もそれを思い、同時に懸念した。

竜尾が迷っているとすれば、〝なった〟との町のうわさが背を押しかねない。

その日、療治処に戻ってからも、

(そのうち、竜尾どのの本意を確かめてみよう)

と、思い、しばらく〝侍医〟を話題にすることはなかった。

それよりも、いま右善の念頭にあるのは、善之助の言った祥助《しょうすけ》の配下の〝あの嗤《わら》いと目つき〟だった。

祥助が右手首の一件を恨み、報復の機会を狙っているとすれば、

(困った奴)

だけでは済まされない。

それが〝不敵な嗤い〟だったことから、すでにこの療治処を突きとめているのかもしれない。だとすれば、どのような陰険な手を使うか……。

(竜尾どのに、迷惑のかかるようなことになれば……)

右善の新たな懸念である。

安中藩の上屋敷から戻り、また仕事に出かけようとする権三と助八を、右善は呼びとめた。

「おまえたちも聞いたろう。深川の門前仲町で捕えたスリは二人だ」

「けっ、だらしねえぜ。せっかく棲家に打込んでよう」

「おい、権《ごん》」

言った権三に助八がたしなめ、

「あっ」

と、権三は気づいたか、

「ま、スリってのは、すばしこいからなあ」

言いなおした。打込んだのは、善之助なのだ。

「ああ、すばしこい」

右善はさらりと受けながし、

「それで奉行所じゃ、取り逃がしたやつらを追っている。おめえらもそれらしいのを見かけたら知らせてくれ。とくにこの近辺でなあ」

「俺たち、やつらの面《つら》を知らねえぜ。ま、雰囲気でわからあ。見つけたら棒で叩きのめし、善之助の旦那に引き渡してやりまさあ」

「とくにこの近辺って、やつら、明神下に現われる理由《わけ》でもありやすので？」

権三が威勢よく言い、助八は問いを入れた。

「うん、まあ」

右善はいくらか口ごもり、

「やつら、いままで永代寺と富岡八幡宮のご門前で稼いできやがったんだ。こっちも神田明神や湯島天神があらあ。似ていると思ってなあ」

「なんだ、そんなことで。まあ、この近辺といわず、どこででも気をつけていまさあ。さあ権、行こうぜ」

「おう」

二人は空駕籠で療治処の冠木門を出て行った。ここからあちこちで権三と助八の、大名家に呼ばれたとの自慢話が始まり、その一方で注意の目を周囲に向けるところとなったのだ。

実は祥助の面《つら》を二人とも、一度見ている。祥助が元次と一緒に、右善の所在を確かめにすぐ近くまで来たときである。だが、〝胡散臭《うさんくさ》そうなやつら〟と気にはとめたが、顔までは覚えていない。

安中藩上屋敷で〝直接お褒めの言葉〟をいただいてから、三日ほどを経た。

療治処に来た強度の肩こりの大工が、療治部屋で言ったものだった。

「権と助の野郎、浜町じゃ棒を振りまわし、安中藩のお屋敷じゃ殿さんからお褒めの言葉をかけられたって、もっぱらの評判でやすが、ほんとうですかい」

竜尾は鍼に集中している。右善が応えた。

「ああ、ほんとうだ。大したものだったぞ。藩邸じゃ感謝の言葉もなあ」

確かにお菊を乗せた駕籠を担ぎ、棒を振っていた。それに、現場から一歩も退かなかった。藩邸でも、中間部屋ではあったが膳と酒を出され、お菊からも直接声をかけられている。

大工が帰ったあと、竜尾は言った。

「うふふふ。権三さんと助八さん、自分たちでも、いくらかは飾りをつけて言っているのでしょうねえ」

「ああ、たぶん。だが、あの二人。それだけの価値はじゅうぶんにあった」

右善は返した。

待合部屋に患者はおらず、めずらしく療治部屋はひと息入れる余裕を得ていた。藩邸の話が出たところで、右善は気になっていた侍医の件を切り出そうとした。安中藩からまた話があるかもしれないのだ。

だが、訊くのが恐ろしいようにも思えた。

右善が隠居し竜尾に弟子入りしたのは、竜尾が市井《しせい》にあって、諸人《もろびと》のために役立っているからだった。その竜尾が御典医などであれば、端《はな》から住込みの弟子入りなどしなかっただろう。

だが、竜尾の将来《さき》を考えれば、

(勧めるべきか)

迷っているところへ、

「旦那ア、お師匠オーッ、てえへんだア」

「聞いてくだせえっ」

権三と助八が空駕籠で冠木門に飛びこんで来た。

「どうしたい」

「なんですか、いったい」

と、右善と竜尾は縁側に出た。

留造とお定も奥から走り出て来た。

庭に駕籠を降ろすなり、

「ともかくてえへんだ！」

と、そこに立ったまま権三が一挙にまくし立てた。

「浜町の仇討ちさあ。どこから出た話か知らねえが、あのとき一家の用心棒を助けようと鬼十一家の連中が浜町へ走ろうとし、それを右善の旦那がお菊さんを護ろうと、永代橋の上で待ち構えて鬼十の与太どもを手当たり次第にばったばったと斬り斃《たお》し、そいつらがつぎつぎと橋から落ち、大川ばかりか江戸湾まで血に染まったってよ。おかげで鬼十一家は、人数が半分に減ってしまったってよ」

助八がつないだ。

「それを根に持った一家のやつらが、右善の旦那を找《さが》し出して、打込みをかけようとしているって」

「そこよ。鬼十一家のやつらがここへ押し寄せて来たらどうするよ。こいつぁてえへんだと思い、ともかく旦那に知らせなきゃあと、大急ぎで帰《けえ》って来たのよ」

と、二人はまだ息せき切っていた。

針小棒大《しんしょうぼうだい》を笑ってはいられない。

「そんな！」

竜尾は右善の横顔を見て、留造とお定は、

「えぇえ！　そんなこと、聞きやせんでしたが」

「ここへ、やくざ者たちが⁉」

と、右善と竜尾に視線を向けた。

右善は庭の権三と助八に、

「そんな話、どこで聞いた」

「どこでって、日本橋の近辺でさあ。深川から来た同業が言ってやした」

助八が応《こた》え、

「ふむ」

右善はうなずいた。

確かに浜町の自身番では、右善も竜尾も身許は明確に述べた。それが浜町の自身番から洩れ出て、深川にもながれたのだろう。

(それがなにゆえ、誇張された話から、一家を挙げて儂《わし》への報復?)

考えられるのは、祥助の〝恨み〟を鬼十一家の者たちが聞かされていて、

(それが重なった)

しかし、なにゆえそのようなうわさが……。

疑問は解けない。

右善の脳裡はまわった。

(鬼十一家の残党どもは、昇五郎一家との抗争を恐れている)

だが、威勢を張っていなければ生きられない連中である。

(敵を他所《よそ》につくり、おもて向きだけ騒ぎ立てている?)

ともかく、祥助の存在が絡んでいることだけは確かなようだ。

その祥助はいまどこにいる。口には出さなかったが、いまとなっては善之助が祥助を取り逃がしたのが悔やまれる。

助八が庭から声をかけた。

「旦那? なにをお考えで」

竜尾をはじめ権三、留造、お定の視線も、わずかのあいだだったが寡黙になった右

善に向けられた。

「い、いや。あとでな、話がある。このあと、晩めしに、また来ぬか」

右善は考えながら途切れ途切れに言うと、うかがうように竜尾へ視線を向けた。

「いいですよ。待っていますから」

「うひょー、ありがてえ」

竜尾が応じると、権三が歓声を上げた。留造もお定もうなずいている。一同は療治処では誰が主人か、よく心得ている。

このとき冠木門から、抜け目のなさそうな男が一人、中をチラとのぞいた。ただそれだけだったので、気づく者はいなかった。

二

もうひと稼ぎと町場に出た権三と助八が、

「ちゃんと伝えておきやしたぜ」

と、療治処に戻って来たのは、そろそろ夕餉に入ろうかといった時分だった。

二人が出かけるとき、北町奉行所に立ち寄り、善之助にきょうあすにでも一度来るようにと、右善が言付けを頼んでいたのだ。

「善之助の旦那も、行こうと思っていたところだとおっしゃり、さっそくきょう来なさるそうで」

とのことだった。

「あらあら、大げさなんですねえ。定町廻りのお役人までお呼びとは」

と、竜尾は笑ったが、夕餉の膳が始まると、居間は緊張に包まれ、留造とお定などは、

「えぇえ。すると、ここが斬り合いの場に！」

「いやですよう、怖ろしい」

と、身をぶるると震わせたものだった。

右善は療治処に極力迷惑をかけまいと思っている。そのためにも、これまで語らなかった祥助の一件を、思い切ってこの場で披露したのだった。昼間、権三と助八が駈けこんで来たとき、しばし思案顔になったのは、これを考えていたからである。

「そんなの、まったくの逆恨みじゃありませんか」

竜尾は言ったが、逆恨みをする者には、非難も説諭《せつゆ》も通じないことは心得ている。

助八も言った。

「なるほど、旦那が三日ほどめえ、この近辺でいかがわしいのを見かけたら知らせろとおっしゃってたのは、このことだったのですかい」

「おもしれえ。この近辺、目を皿にして見張りやすぜ」

権三は椀を手にしたまま胸を張った。

実際に権三は帰るとき、助八をうながし空駕籠で宵闇《よいやみ》の降りかけた神田明神下をながしてから帰った。このときはもちろん、冠木門からチラと中をのぞいていた男の影はなかった。

留造が閉めた冠木門の潜り戸を、黒羽織の善之助が叩いたのは、権三と助八が空駕籠を担いで出たすぐあとだった。岡っ引の藤次をともない、職人姿の色川矢一郎も一緒だった。

「こちらへ上がってくださいな」

と、竜尾は招いた。療治処が襲われるかもしれないとあっては、自分も話に加わりたかったのだ。ということは、その危難を受け入れるということでもある。

「いやあ。さっき、療治所《ここ》のお人らにもすべてを話したのだ。駕籠の二人にもなあ」

右善は言った。

お菊の仇討ち以来、善之助も色川もさらに藤次も、権三と助八をこの療治処の一員と見なすようになっていた。

「ならば、みんなそろったところで聞いてもらったほうがいいかもしれぬ」

と、三人はうなずきを交わし、母屋の座敷に灯が入り、留造が提灯を手に権三と助八を呼びに走った。すぐに二人の顔がそろい、

「へへん、嬉しいですぜ」

と、さきほどの居間ではなく座敷に入り、権三などはやたらと張り切っていた。

簡単な酒肴が出され、留造とお定も部屋の隅に腰を下ろした。逆恨みの話を聞いた以上、心配なのだ。

善之助にうながされ、藤次が話しはじめた。

ながれているうわさの内容だった。

「それ、それだ」

と、権三が相槌を入れたが、藤次の語った内容は、日本橋で聞いたという話の裏を明かすものだった。

「わざとながしていやがるんでさあ」

藤次は語った。

「誰がって、へえ、鬼十の残党どもでさあ。頭《かしら》の鬼十と元次たちが、吝《けち》なスリがらみ

で引き挙げられたとあっちゃあみっともねえ。そこで永代橋の話をでっち上げ、身柄を持って行かれた理由を、勇ましい派手なものにすると同時に、弔《とむら》い合戦といおうか、やられたらやり返すってえやつらの筋書をつくり上げたってえ寸法でして」

「ほう、うまく考えたものだなあ」

と、右善は得心したようだが竜尾は、

「どういうことですか」

問いを入れた。

留造とお定はむろん、権三も助八も、意味が解らないといった表情になっている。

「つまりだ」

右善が藤次に代わり、説明口調で話した。

「鬼十の残党どもが筋書どおり、弔い合戦の姿勢を見せているあいだ、やつらの発想では、その背後を突くのは仁義に悖《もと》ることになるって寸法だ。鬼十一家の残党どもが、仲間の弔い合戦をしようとしているとき、おなじ町の与太である昇五郎一家は、鬼十一家に手を出せなくなるということだ。つまり、やつらの外にいる儂《わし》を敵にするというのは、鬼十の残党どもが一家の存続をかけてでっち上げた虚構ということさ。儂にとっては、いい迷惑だがなあ」

「なるほど」

と、療治処の一同は得心し、権三などは、

「なんでえ、それで永代橋でばったばったの話をばら撒いたって寸法かい。うまく乗せられちまったぜ」

などと権三などは盃をぐいとあおったものだが、座は一層の緊張に包まれた。

鬼十一家の残党たちは、昇五郎一家からの報復を封じるうまい手を見つけたわけだが、代わりに矛先を右善に向けなければならなくなった。矛先だけでなく、幾人か番屋に引き挙げられようとも、昇五郎を納得させる、目に見える行動が必要となったのだ。深川に関心を寄せている、他の町の店頭《たながしら》衆も、固唾を呑んで成り行きを見守っているに違いない。

色川矢一郎が言った。

「そのため、きょうあすにもここへ知らせにと思っていたのです。そこへお呼びがかかったと善之助どのから知らせがあり、三人そろって来た次第です」

「ふむ」

右善はうなずきを返し、

「鬼十一家のやつら、おそらくスリの祥助が儂を狙っていることを知っていて、そこからこのような策を思いついたのだろうが、祥助自身はどうなのだ。この策に加わっているのか」

「そのことなんです、きょう来た理由は」

と、善之助がひと膝まえにすり出て言った。

「恥ずかしながら、祥助もその配下どもも、その後の足取りがまったくつかめませぬ。どちらも父上を標的にしているなら、互いにつなぎがあろうかと思いまして。それでしばらく、藤次をここに張り付かせたいと思いまして」

善之助の言葉に藤次がうなずき、色川がつないだ。

「私はいまのまま深川の門前仲町で鬼十の残党どもを見張り、その動きを追えば祥助たちの居所も見えようかと」

療治処と門前仲町との二段構えを敷こうというのである。

「ふふふ」

右善は苦笑した。この策には、療治処が襲われたときの心配がまったくなされていない。善之助も色川も、それだけ右善を信頼しているのだ。

右善は、

「どうだろう」

竜尾にまた視線を向けた。

「お師匠」

部屋の隅から、思わず留造が口を入れた。この療治処が戦場《いくさば》になることが、いよいよ濃厚となったのだ。横でお定が蒼ざめている。

一同の視線が竜尾に集中した。

淡い行灯《あんどん》の灯りのなかに、竜尾の唇が動いた。

「ちょうどようございました。庭に薬草を植えようと思っていたところです。藤次さんには、それを手伝ってもらいましょう」

竜尾の言葉に、その場の緊張がさらに増した。

「ならば、さっそくあしたから鍬《くわ》を持って来まさあ」

藤次が言ったのへ権三と助八も、

「へん。俺たちだって右善の旦那の岡っ引になったつもりで、この周辺に目を光らせてもらいやすぜ。なあ、助よ」

「おう。与太やスリなんざ、ちょいと気をつけりゃあ、面は知らなくても見分けはすぐつきまさあ」

胸を叩いたものである。

止まっていた一同の盃が、ふたたび動きはじめた。

そのなかに右善は言った。

「で、鬼十や元次たちの詮議はどうなっている。やつら、まだ茅場町の大番屋で息巻いておるのか」

「いいえ、もう小伝馬町の牢屋敷に移しました。いくらかはおとなしくなり、あとは祥助をお縄にするのみです。永代寺と富岡八幡宮の門前町は、松村どのが目を光らせているので、当面は安心できます」

善次郎が応えたのへ、色川がつづけた。

「そうそう。いま鬼十一家で若い衆を束《たば》ねているのは佐市《さいち》という三十がらみの男で、右善さまを標的にする奇策も、こやつが考えたようです。打込みのとき、よく佐市を引き挙げなかったものです。こやつまで挙げていたなら、いまごろ門仲の縄張は昇五郎ども周辺の店頭どもの草刈り場になって、松村さんなど右往左往して、捕方の数を倍にしても間に合わない状況になっていましたよ」

「おいおい。儂を狙うやつを、縄張をうまく護っておると褒《ほ》めておるのか。おかげで儂は、敵持《かたきも》ちになってしまったのだぞ」

「いいえ、そんなつもりじゃ。これでうまく行きゃあ、やつら飛んで火に入る夏の虫で、一網打尽にと思いやしてね」

色川矢一郎は伝法な口調をつくり、

「まあ。虫のいいこと」

竜尾が手を口に当て、座は和《なご》んだ。だが、張られた緊張の糸は緩《ゆる》んでいなかった。

三

右善たちが予想したように、佐市は不動の祥助とつなぎを取っていた。

佐市が町の白い目を忍んで外に出たのは、定町廻りも隠密廻りも、さらに岡っ引たちの目も、東の昇五郎の動向に向けられているときだった。佐市の動きは、盲点となっていたのだ。

だから佐市が祥助と会っていた場所は、色川といえどつかんでいなかった。

だが、双方のあいだで話されている内容は、見通していた。すなわち、右善を共通の敵にすることである。

きょう昼間、冠木門から中をチラとのぞいたのは、佐市が祥助から場所を聞き、それを佐市の手下が確かめに来ていたのだった。

それにしては、ほとんど通りすがりに首を庭のほうへ向けただけで、中のようすを確かめようとする雰囲気ではなかった。

この若い衆の所作を、右善が気づいていたなら、そこから佐市の意志の軽重《けいちょう》を読み取ったかもしれない。祥助は刺し違えるほどの執念であるのに対し、佐市のほうは、かたちをつくればそれでいいのだ。


そのためにながした、永代橋から江戸湾まで血に染まったという大仰《おおぎょう》なうわさが、安中藩の藩邸にまで伝わっているかどうかはわからない。中間《ちゅうげん》や行商人をとおして持ちこまれ、屋敷内で大評判になっているかもしれない。

ならば当然、藩士や腰元たちはこぞってお菊に訊くだろう。ほんとうか……と。お菊は応《こた》えるはずである。

『はい』

藩士も腰元も、中間たちも、さらに藩主の板倉勝暁《かっとし》も信じるだろう。まさしくお菊は死んだ兄の分も含め、武家の誉《ほま》れを一身に背負って脇差を握り、命がけで瀬島伝内に止《とど》めを刺したのだ。

そこに助勢してくれたのが右善である。お菊の心中では、押し寄せた敵《かたき》の助っ人たちを右善がすべて斬り斃《たお》し、江戸湾が朱《あけ》に染まってもなんら不思議はない。

竜尾もまた、右善のその気概を感じ取ったがゆえに、あのとき一歩前に踏みこむことができたのだ。

翌朝、岡っ引の藤次が療治処の冠木門をくぐったのは、陽がいくらか高くなってか
らだった。

「あんれ、藤次さん。よく似合いますじゃよ」

と、留造が言ったように、野良着に頰かぶりで鍬を担ぎ、小脇に着替えを入れた風
呂敷包みを抱えていた。

竜尾の差配でさっそく庭の隅の土起《つちお》こしを始めると、

「ほう。薬草をここで栽培なさるか。これは頼もしい」

と、待合部屋から声がかかり、駕籠を担いで来た権三や助八も、

「おう、始めなすったかい」

「こっちの手が空いているときにゃ手伝いやすぜ」

と、声をかけていた。

その姿は、療治処の庭にうまく溶けこんでいる。竜尾にすれば大助かりである。

深川の門前仲町では、色川矢一郎が職人姿で目を光らせている。

二段構えが動きはじめたのだ。

この日、当たりはなかった。

だが、翌日である。

午過《ひるす》ぎ、動きは深川の門前仲町からだった。

ねぐらはまだ〝門仲鬼十〟の提灯を下げている。そこから町駕籠が一丁走り出た。付き人か若い衆が一人、着物を尻端折にして並行している。見かけは一家の与太ではなく、一見お店者風《たなものふう》で脇差も帯びていない。

角から見ていた色川は、

(はて)

首をかしげた。

男は明らかに、これまでに見知った鬼十一家の若い衆である。それがなぜお店者風を扮《こしら》えている。ならば駕籠の中は、

(佐市ではないのか)

尾《つ》けた。付き添いが並走しているが、駕籠を尾けるのは困難ではない。一人でじゅうぶんだった。

深川を出て両国橋を渡った。

繁華な広小路を抜け、内神田の町並みに入った。かなり遠出のようだ。

(誰が乗っていやがる)

付き添いがいなければ近づき、揺れる垂《たれ》のすき間から、男か女かくらいは判る。尾けるのは楽でも、じれったさを覚える。

尾けながら、

(おいおい、どこへ行くんだ)

色川は思った。駕籠は牢屋敷のある小伝馬町の方角に向かっていたのだ。牢番を抱きこんで差し入れでもするつもりか。

そうではなさそうだ。入った脇道が、牢屋敷を外れていた。

また角を曲がり、裏長屋や借家であろうか小さな家作《かさく》などが雑然とならぶ一角に入った。

そうした家作の前で、駕籠は停まった。

色川は思わず道具箱を担いだまま一歩退《ひ》いた。玄関口から駕籠を迎えるように出て来たのは、面を脳裡に叩きこんでいるスリ一味の一人だったのだ。打込みのとき、祥助と一緒に遁走した一人である。

（ならば、祥助もここに？）

思いをめぐらすなかに、若い衆に介添えされるように駕籠からぎこちなく出て来たのは、なんと老婆だった。

（なに者）

これまでの探索では、一家のねぐらに、鬼十や佐市の母親がいるなどの話は聞いていない。外出には駕籠が必要なほど、まともに歩くのさえ困難な婆さんが、ねぐらの女中などではあり得ない。

婆さんは玄関から出て来たスリも加わり、両脇から支えられ玄関の中に消えた。駕籠は外で待っている。婆さんはすぐ出て来るようだ。駕籠舁きたちに事情を訊くのは危険だ。門前仲町で、鬼十一家の息のかかった駕籠屋かもしれない。

暫時その場を離れ、近所で聞き込みを入れた。

つい数日前らしい。男どもが数人、住みついたらしい。

「なにをしている人らって？　知りませんよう、町内に挨拶もなかったんだから」

近くの長屋の井戸端で洗濯をしていた女は言った。

門前仲町での打込みのあと、ここへ隠れ住んだのは間違いないようだ。

（それにしても、ふざけやがって）

思えてくる。そこは、同心たちが常に出入りしている牢屋敷の近くなのだ。かえって安全とみたのか、すぐに見つかる空き家がそこしかなかったのか、いずれにしろ苦笑せざるを得ない。

一帯が雑なつくりであれば、見張るのも楽だ。それに、二度目の動きはすぐにあった。思ったとおり、婆さんをちょいと休ませたほどの時間で、駕籠はふたたび動き出した。付き添いはおなじお店者風の、鬼十一家の若い衆だった。

一瞬、迷った。

(駕籠を尾けるか、目の前の家作を探索し、祥助の所在を確認するか)

駕籠を尾けた。家作の探索は、あとからでもできる。

(おいおい、どこへ行くつもりだ)

また思った。駕籠は火除地の広場を抜け、筋違御門を渡ったではないか。そこはもう神田明神下だ。

はたして駕籠は療治処の冠木門を入った。

婆さんはむろん、付き添いの若い衆も、右善や竜尾が知らない相手だ。権三と助八も知らないだろう。

色川はとっさに思った。

(門前仲町の佐市が祥助と結託し、足腰の悪い婆さんに若い衆をつけ、物見として送り込んだ)

療治処の探索にはうまいやり方だ。お店者風に見えるだけの若い衆なら、療治台へ横になるとたちまち仮病を見抜かれ、療治に来た目的そのものを疑われることになるだろう。この若い衆こそ、先日チラと場所だけを確かめるように、物見に来た男だった。

冠木門の中では、

「おおう、これは難儀なことで」

と、留造とお定が手伝い、婆さんを縁側から待合部屋に上げた。

「ありがたいことですじゃ、神田明神の鍼の先生に診てもらえるとは」

婆さんはしきりに感謝し、若い衆がなおも付き添い、待合部屋で順番を待つこととなった。まだ二人ほどおり、かなり時間がかかりそうだ。若い衆は駕籠を帰した。

あとは無口だった。

若い衆とは親子には見えず、単に頼まれた介護人といった風情である。

庭の隅のほうでは藤次が百姓姿で土起こしをし、療治部屋では右善が見習い鍼師をしている。

色川はつなぎを取りたかった。しかし、付き添いの若い衆が、色川の顔を知っている可能性は高い。しかも若い衆は気を張りつめているだろう。うかつに庭へ入って藤次や右善と話すことはできない。

さっき庭をチラと見たが、三八駕籠はいなかった。おとといの話から、近くにいるはずだ。

色川は冠木門の前を離れ、神田明神の坂を上った。

「おっ、どうしなすったい」

と、権三と助八は思ったとおり、山門前で他の同業と一緒に客待ちをしていた。権三も助八も、職人姿で道具箱を担いでいる色川には、うかつに〝旦那〟などと称《よ》んだりしない。人前ではあくまで、顔見知りの職人として接している。

理由《わけ》を話さず物事を頼めば、頼まれた者は詮索しかえって所作が不自然になることを色川は心得ている。

話した。

二人は緊張した表情になったが、すぐに、

「へい。さりげなく庭で待って、乗せればいいんでやすね」

「頼まれなかったらどうしやす」

権三が応じたのへ、助八が問いを入れた。

考えられることだ。鍼を打ってもらい足腰が軽くなれば、歩いて帰ると言うかもしれない。

「なあに、そのときは俺がまたどこからともなく現われ、あとを尾けるまでだ。だからおめえら、竜尾師匠に頼まれたときだけで、患者にしつこく駕籠を押しつけるな。あくまで自然にな」

色川は言い、権三と助八は、

「それじゃあ、ちょいと療治処の庭で待たせてもらわあ」

と、同業に声をかけ、空駕籠を担いだ。

いつものことらしく、

「三八はいいぜ、坂下の療治処に出入りさせてもらってよ」

お仲間の声を背に急な坂を下った。

療治部屋から右善が言った。

「おう、いいところへ戻って来た。すこし待っておれ」

件《くだん》の患者が付き添いと一緒に療治部屋に入り、

「初めての方ですね」

と、竜尾が触診《しょくしん》を始めたばかりで、庭のほうに顔を向けうなずいた。帰りも駕籠があったほうがいいようだ。

「足腰の関節と筋肉の炎症から来る痛みです。熱はないようですから、そう心配はいりません」

竜尾は証《しょう》を立て、

「とりあえず、痛みをとりましょう。右善さん、三番の鍼の用意を」

と、右善に言い、療治に入った。

付き添いの若い男は、本所《ほんじょ》から神田に来て動けなくなり、ともかく駕籠を拾って鍼医が近くにいないかを訊き、ここに来たという。

竜尾も右善もその経緯を知らない。仮病ではなく、正真正銘の患者である。婆さんは鍼を受けながらしきりにありがたがっている。付き添いがときおり探るように右善を見るのが、いささか気になったくらいである。これとても、初めての患者なら、

(えっ、この人が先生なのでは？)

と、右善と竜尾へ交互に視線を向けるのはいつものことである。

庭の藤次も土起こしをしながら、なんら気にとめることはなかった。足腰の弱った年寄りが、駕籠で来るのはよくあることで、そのたびに三八駕籠が活躍している。い

まもそうだ。三八駕籠が庭先で待っている。

「やあ、精が出るねえ。手伝おうか」

「いや。鍬が一挺しかないで。草取りでもするときになったら、手伝ってもらおうかい」

などと、権左や助八と言葉を交わしている。

いつもの療治処の風景がそこにあり、色川にとってはそのほうがつごうよかった。右善や藤次がその患者に注意するような目を向けていたら、付き添いの若い衆は緊張し、警戒するようになるだろう。そうなれば、向後の段取りに支障を来たすことになる。ただでさえ、若い衆は緊張しているはずなのだ。

「いやぁ先生！　明神下にこんなによう効く先生がおいでとは、知りませんでしたじゃ。あたしの……」

「そう、本所にはおりません」

と、婆さんが言いかけたのを、付き添いの若い衆が素早く引き取った。婆さんに、そのさきを言わせないようにするためだった。

婆さんは口をつぐんだ。

帰る段になり、

「おかげさまで足腰が軽うなりましたじゃ。自分で歩けますすじゃ」

と、婆さんが遠慮するのへ竜尾は、

「本所までなら、かなり歩かねばなりません。ほら、そこにいますから」

と、駕籠を勧めた。療治からの見地で作為はない。

若い衆は応じ、婆さんは、

「まあまあ、帰りも。ありがたいよう、清《せい》さん」

と、ほんとうにありがたそうに、待っていた三八駕籠に乗った。

冠木門を出た。

縁側から右善が藤次を呼んだ。

「尾《つ》けよ」

「へい」

藤次は返した。

問診のとき、どこから歩いて来られたと竜尾が訊いたとき、婆さんではなく、〝清さん〟がすかさず〝本所〟と応えていた。

住まいは本所ではなく、婆さんの口からそれが出かかったのを、付き添いの男がすかさず割って入った。右善はそう直感したのだ。〝清さん〟というその名も、男がみずから名乗ったのではなく、婆さんがつい口にしたものだった。

そこに右善は、

(――こやつら)

と、疑いを持ったのだった。

「えっ、どうして?」

竜尾は思わず右善へ顔を向けた。

そこへ色川が道具箱を担ぎ走りこんで来た。

「抜かりはありやせん」

右善はまだ縁側に立っており、野良着姿の藤次も鍬を手にしたままだった。

縁側に面した障子は開け放されている。

「えっ」

と、竜尾が小首をかしげた。

「首尾は整《ととの》うてございやす」

色川は右善に言うと、怪訝な表情の藤次に向かい、あごで庭の奥のほうを示した。

右善はうなずき、座は裏手の隠居部屋に移った。

右善と色川、藤次の三人が三《み》ツ鼎《がなえ》に座った。あぐら居である。

「深川の門前仲町からでございました。途中、小伝馬町の雑多な町場に寄り……」

色川は経緯を話した。

右善はうなずき、新たに命じた。

「色川はここで待て」

藤次には、

「奉行所に走り、善之助にここへ来るようにと。深川に出張っている松村もじゃ」

「はっ」

藤次は野良着姿のまま冠木門を飛び出した。

四

色川矢一郎が権三と助八に頼んだのは、

「──送りとどけたら、すぐ帰って来て、行った先を教えてくれ」

と、そのことだった。ならば、わざわざ藤次が尾ける必要はない。

行く先は小伝馬町か深川の門前仲町であろう。いずれにせよ、町内の足腰の弱った婆さんを担ぎ出しての物見であったことを確認したかったのだ。

隠居部屋は右善と色川の二人となった。元隠密廻りの隠居と現役である。日暮れのころには、定町廻り二人と岡っ引がそこに加わる。

色川が言った。

「いかがなさいますか」

「ふむ」

右善は考えるようにうなずき、

「ここで迎え撃つことはできぬ」

「ならば、こちらから小伝馬町に打込みを？」

「そうなるなあ。善之助が取り逃がしたのを、こんどは洩れなく捕縛する。それも、向こうさんが物見をくり出して来たとなれば、その時を早めねばならん。だが、門仲の佐市をどうするかだ」

「先手を打つのですね。で、どうするかとは？」

「佐市を捕えるか、放しておくか……。松村の考えも聞こう。まあ、佐市とやらも、叩けばほこりは出ようがのう」

「そりゃあ、いくらでも」

二人は口元をゆるめたが、心中は笑っていなかった。

右善は母屋に戻り、色川は隠居部屋に残った。

さっそく留造が庭先で、

「なんの話だったのですか」

訊いてきた。さっき色川が来て〝首尾は整うて〟などと言ったものだから、それを気にしていたのだ。おととい居間で談合して以来、留造もお定も毎日が気が気でなくなっているのだ。

「ああ、ちょいとな」

右善が返事を濁したのへ、療治部屋から竜尾が、

「あ、留さん。台所へ行き、薬湯の湯を見て来てくださいな。右善さん、早く上がって艾《もぐさ》の用意を」

「へ、へい」

留造は急いで裏手の台所にまわり、右善は縁側から療治部屋に上がった。

療治部屋にも待合部屋にも患者がいる。竜尾は右善に助け船を出したのだ。

「艾はこのくらいですな」

と、右善は線香に火をつけ、灸の用意をした。

患者は町内の肩こりの爺さんだった。

「こりゃあご隠居でも、元お奉行所の旦那に灸を据えてもらうなど、効きすぎますじゃ。いや、わしが言っているのではなく、町内のみんなが、へえ」

爺さんは療治台にうつ伏せになりながら言った。

すでに右善が元北町奉行所の同心だったことは、町内に知れわたっている。

住人たちは、知るきっかけが仇討ちだったことに驚愕し、

「――あの飄々《ひょうひょう》とした隠居が」

と、驚き、町役たちは自身番で、

「――これはいい。畏《おそ》れ多いことじゃが、いてくださるだけで町は安泰ですわい」

などと話し合ったものである。

それらのささやきはいまなおつづいている。

だから右善はなおさら、この神田明神下で逆恨みとはいえ、自分が原因の騒ぎなど起こしてはならないのだ。

患者の途切れたときに、竜尾にそっと言った。

「このあと、儂《わし》にまた来客がある。黒羽織だ」

善之助を指している。

「ちょいと御用に係り合う話でしてな、儂の部屋ですませたいのじゃ」

竜尾は鍼の手入れをしながら、無言でうなずいた。

さっき駕籠で来て駕籠で帰った婆さんの患者が、スリの祥助とやらのからんでいる物見だと、竜尾は気づいていない。だが、右善が藤次を尾けさせようとしたことや、そのあと三人が裏の隠居部屋で話しこんでいたことから、ふたたびなにかが動きはじめたことを覚《さと》っていた。


権三と助八が色川に言われたとおり途中で客を拾わず、まっすぐ帰って来たのは、陽がかたむきかけた時分だった。

療治部屋に患者がまだ一人いる。

右善は裏の隠居部屋で話を聞いた。色川矢一郎もいる。

乗せて行ったのは、小伝馬町だった。スリ一味の新たな棲家である。

療治処で〝清さん〟というのが、〝本所〟と言っていた。本所は広く、かなりの遠出となる。

「――あれ、本所じゃなかったので？」

権三が問うと、清さんというのが、

「――いやあ、申しわけない。ここに知《し》り人《びと》が住んでいて、ちょいと立ち寄ったのだ。

話が長くなるかもしれんので」

と、帰されたらしい。

このときのようすを助八は、

「それがどうもみょうで。ちょいと寄ったと言いながら、婆さんを降ろすと俺たちを追い立てられるような感じでやしたぜ。家作の玄関から若い男が出て来やしたが、顔までは確かめられやせんでした」

と、語った。

だが、本所に運ぶほどの酒手をもらい、二人ともホクホク顔だった。

話し終え、右善からもう帰ってもいいぞ言われたときは、

「えっ、これだけですかい」

「どこか探るところがあれば、探って来やすぜ」

と、二人とも不満顔になったものである。

このあとは、正真正銘の〝御用〟の話なのだ。居間での談合のときのように、事情を説明するだけではない。

――いつ、打込むか
が、話し合われることになるだろう。留造やお定はむろん、権三や助八も加わらせ

るわけにはいかないのだ。

藤次が善之助や松村浩太郎と一緒に戻って来たのは、陽が落ちてからだった。

二人は黒羽織のままである。それが岡っ引と一緒に、半開きになっている療治処の冠木門を急ぎ足で入った。異様な光景だ。留造が往還に首を出して左右をうかがい、門扉を閉めた。

隠居部屋に灯りが入った。

男が五人もそろうと、隠居部屋は狭く感じられる。互いに膝もひたいも寄せ合った。最初から緊張している。すでに善之助と松村も、藤次から門仲の佐市と祥助一味が差し向けたらしい物見が療治処に入ったことは聞いている。右善が狙われているのだ。一同にとって、お菊の仇討ちよりも深刻な事態である。

まず右善が、権三と助八が物見の婆さんを小伝馬町の祥助一味の棲家まで乗せたことと、清さんと呼ばれた付添人と婆さんの顔かたちを話した。

「なるほど」

松村浩太郎が相槌《あいづち》を入れた。さすがは以前から深川を見まわり範囲にしているだけあって、顔かたちを聞けばすぐ付添人の若い衆と婆さんの素性がわかった。

「お店者風は清吉《せいきち》といって、佐市が最も信を置いている弟分で、見かけどおり、どうしてこんな男が店頭の一家にいるのかと思うほど、物静かなやつです」

鬼十の右腕になっていた、いかにもやくざ然としていた元次とは、性質《たち》が異なるようだ。


松村はつづけた。

「その婆さんですねえ、確かに一家のねぐらの近くにある貧乏長屋にいますよ。足腰が弱って、ほとんど外に出歩くことはありません。あの婆さんなら、タダで駕籠に乗せて鍼の名医に連れて行ってやるといえば、何でも聞くでしょう。佐市もうまいことを考えたものです」

右善が問いを入れた。

「その佐市という男だが、清吉を舎弟《しゃてい》にしているところからみると、鬼十と元次との組合せとは、かなりようすが異なるようだなあ」

「おっしゃるとおりです。町役たちにいろいろと訊いたのですが、鬼十と元次が勢力を拡大しようとしていたのを、佐市は乗り気ではなく、周囲の同業たちと諍《いさか》いを起こすのを嫌い、スリの一味が縄張内に棲家を構えるのにも反対していたそうです」

「ほう。それがどうして祥助を助《す》けるように、物見をここへ？」

「はい。私がなるほどと思うのはそこです。永代橋の派手なうわさはもうお聞きでしよう」

松村が言ったのへ、右善は苦笑した。永代橋を舞台に、右善が講釈に出て来る忠臣蔵の堀部安兵衛《ほりべやすべえ》や俵星玄蕃《たわらぼしげんば》のような大活躍をしているのだ。

「そのように弔い合戦のかたちだけを整え、実際の打込みは祥助たちにやらせ、自分たちはおもて向き便乗《びんじょう》するだけの算段かもしれません。ならば、清吉を付き添いに立てたこともうなずけます。あやつなら、祥助の執念にながされる心配はありません。行きも帰りも祥助たちの棲家に寄ったのは、この療治処のようすを詳しく話し、いよいよ祥助を焚きつけるためだったのでは」

「ふむ」

右善はうなずき、色川も藤次も得心した表情になった。

善之助が緊迫したようすで言った。

「ならば父上、祥助どもはあすにもここへ打込むか、刺客を差し向けるかもしれませんぞ。かたちばかりとはいえ、門仲一家の後ろ盾《うしろだて》があれば、それだけ心強いでしょうから」

一同はうなずいた。

その予測は当たっていた。

清吉は小伝馬町で三八駕籠を帰したあと、祥助たちに療治処のようすを詳しく話し、ふたたび町駕籠に婆さんを乗せ、深川の門前仲町に戻った。

待っていたのは佐市だった。

佐市が清吉に訊いたのは、

「それで、祥助のようすはどうだった。すぐにも動きそうだったか」

と、そのほうだった。

清吉は応えた。

「へえ、いまにも棲家を飛び出しそうな勢いでやした。そこに瀬上の旦那に代わるような用心棒はいやせんでしたが、心あたりはあるようでやした。それでこの一両日にも佐市の兄イと直接会って、段取りを決めてえと」

「ふふふ、やつめ、焦ってやがるな。よし、わかった。こっちからは長《なげ》えわらじを履くのを二、三人も出せばいいだろう。これを機に、スリどもには全員、右善の旦那とやらに返り討ちに遭ってもらおう。永代橋はともかく、腕の立ちなさることは間違《まちげ》えねえようだからなあ」

「へい、さっそくそのように段取りを」

清吉は返した。あすにもまた、小伝馬町に出向くことだろう。

すぐ近くの牢屋敷には、門仲の鬼十と代貸の元次たち、それに捕えられた祥助の手下もつながれている。

明神下の隠居部屋である。五人の談合がつづいている。

右善は言った。

「療治処《ここ》で迎え撃つわけにはいかぬ。こちらから打込むぞ。今宵」

「えっ」

一同は互いに顔を見合わせたが、

「よし。こんどこそ一人も取り逃がしませぬぞ」

善之助がすかさず応じ、ふところから朱房の十手を取り出し握り締めた。

「色川、家作のようすを話せ」

「はっ、小ぢんまりとし、あれなら中にいる者は三、四人か、多くとも四、五人は超すまいと思われます。板塀はなく、裏手に勝手口が……」

色川は緊張を高めながら右善の問いに応えた。

「御用提灯の捕方はどうします」

松村が言ったのへ、

「小伝馬町だ。おあつらえ向きではないか。緊急の際だと言って、牢屋敷から下男《しもおとこ》を十人ほど借りよう。引き挙げるのも、直接、牢屋敷だ。やつらにはこのあとすぐ、懐かしい顔に会わせてやろう。奉行所にはあした報告すれば、与力のお方らも手間がはぶけたと喜びなさろう」

右善は応えた。

隠居部屋で話し合われたのは、打込みの手順だけではなかった。

「門前仲町と東町はどうする」

「それです。お菊さんの仇討ち以来、私が最も腐心《ふしん》していたのは……」

右善が切り出したのへ、松村浩太郎は待っていたように応えた。

「いま、門仲一家を壊滅させてはなりません。そのために私は、門前東町の自身番に入り、昇五郎一家を抑えているのです。門仲一家を存続させ、佐市と清吉に継がせれば、縄張はいくらか狭まるでしょうが、鬼十と元次のように、店頭《たながしら》同士の抗争の火種になることはないでしょう」

「ふむ」

右善はうなずき、

「そのとおりだと思います」

善之助も色川矢一郎も肯是《こうぜ》の声を入れ、藤次も無言でうなずいていた。

繁華で広い門前町などでは、一人の巨大な店頭が仕切っていたのでは、横暴が目立ち自身番は萎縮し、住人たちも圧迫された日々を送らねばならなくなる。ほどほどの店頭たちが林立し、力に均衡が保たれている状態が、住人にも自身番にも奉行所にも都合がいいのだ。

「決まりだな」

右善の言葉に、

「では」

と、一同は腰を上げた。

スリ一味への打込みである。

五

母屋では、竜尾も留造、お定も起きていた。

隠居部屋でなにが話し合われているか、心配だったのだ。

一同がそろって出て来たのへ、ようすを聞こうと三人とも母屋の玄関から庭に出て

来た。右善が仇討ち助勢のときのように大小を帯び、職人姿の色川も道具箱ではなく腰に脇差を差しているのを見て、

「えっ、まさか！」

竜尾は声を上げげた。

右善は応えた。

「ちょいとな、出かけて来る。あ、そうそう。今宵、帰りが遅くなるゆえ、戸締りを厳重にしておいてくだされ」

「は、はい」

竜尾は緊張した声で返し、

「こんな時分に、いってえどちらへ」

「あはは。訊くな、訊くな」

留造が訊いたのへ右善は笑い声をつくり、冠木門の潜り戸を出た。

通りに灯りは、色川と藤次の持つぶら提灯のみである。

一同は背に、潜り戸が憖《しか》と閉じられる音を聞いた。

「――今宵、向こうから仕掛けて来ることはあるまいが、竜尾どのなら押し返すじゃろ」

隠居部屋で右善は言い、色川はうなずいたものである。二人とも、浜町での仇討ちのとき、竜尾が剣技にも心得のあることを僦《しか》と目にしているのだ。

筋違御門の番所では、誰何《すいか》されるまえに善之助が十手を見せ、

「御用の筋なれば、通る」

「ご苦労」

六尺棒の番士たちは一礼したものである。

昼間にぎわっていた火除地広場も、いまは闇に沈む暗い空洞となっている。

神田の大通りに入った。

ひたひたと歩を踏みながら、

「打込み用の、長尺十手でないのが残念ですなあ」

「なあに、手向かう者があれば、刀で斬り捨てるまでだ」

松村の言ったのへ善之助は返した。門前仲町でスリ一味の棲家に打込みながら、肝心の袢助に逃げられ、しかも雑魚《ざこ》一人しかお縄にできなかったのが、相当負い目になっているようだ。

右善が言った。

「善之助。牢屋敷の同輩に頼んで、藤次に長尺十手を持たせてやれ」

「えっ。いいんですかい！」

藤次は歓喜の声を上げた。

岡っ引は同心の私的な耳役《みみやく》であり、十手はむろん捕縄《とりなわ》も所持していない。それらを持たせてもらえるのは、緊急で手が足りず、必要が生じた場合のみである。いまがそれにあたる。

一同の歩が速まった。


「なんと！」

寝入《ねい》り端《ばな》を起こされたうえに、役務違いの合力《ごうりき》申し入れでは、牢屋同心たちが驚くのは無理もない。

だが、善之助と松村浩太郎は、十手で手の平をヒタヒタと叩きながらねばった。

「緊急を要するのですぞ。先日、大番屋より牢屋敷《ここ》に送られて来た深川の店頭とスリたちの仲間が、この近くに潜伏していることが、隠密廻りや岡っ引の探索で、いましがた判ったのでござる」

「そやつら、深川で取り逃がした者どもでござる。いまから常盤橋《ときわばし》御門に走って手順を踏んでいる時間はござらぬ。お奉行の石河土佐守さまは、すでにご就寝であろうゆえ」

探索をした隠密廻りも岡っ引も、この場へ一緒に来ている。それに、合力したという右善はかつて、幾度も奉行所から牢屋敷の穿鑿所《せんさくじょ》に出張って来ており、牢屋同心たちとは顔見知りである。

「うーむむ。われらがお奉行の石出帯刀《いしでたてわき》さまもご就寝中だ。かくも近くに潜んでおったとは、念のための周辺見まわりだ。灯りをまわりに走らせようかい」

臨機の現場判断である。牢屋下男十人が駆り出され、六尺棒と弓張提灯《ゆみぱり》を手に、暫時、定町廻り同心の配下に入った。検分役として牢屋同心二人が、

「こんな近くにそやつらが！」

「なめやがって！」

と、現場へ出張ることになった。

藤次が物見に出た。房なしの十手を握っている。耳役の岡っ引にとって、十手を持って捕物に加わるのは夢である。

「灯りがついておりやした」

と、すぐに帰って来た。それほどに近い。

「騒いじゃおりやせんが、一杯《いっぺえ》引っかけているようです。頭数は四人か五人」

スリどもが起きていたから、かえっておよその人数をはかることができた。きょうの物見の〝成果〟に、祝杯を挙げているのかもしれない。

藤次の説明を聞き、

「ああ、そこでございますかい。よく知っていまさあ」

と、牢屋下男たちには土地勘があった。

牢屋敷の正面門が開いた。

さっき物見に出たばかりの藤次を先頭に、弓張りの御用提灯が走り、そのうしろに北町奉行所同心と牢屋同心たちがつづいている。いずれもが、無言である。足音だけが聞こえる。

御用提灯が二手に別れ、玄関口と勝手口を固めた。

雑然と家作がならんでいるにもかかわらず、気づいた住人はいない。いずれもが白川夜船である。

打込み方の息は合っていた。

戸板を蹴破る音が響いたのは、玄関口と勝手口が同時だった。

この音に近所の者は眠りを破られ、棲家の者どもは仰天したことだろう。

玄関口からは善之助が、つづいて色川矢一郎と藤次が飛びこみ、勝手口からは松村浩太郎が、つづいて右善が打込んだ。

ここで初めて、

「御用だ！」

声が聞かれた。

戸板の破られる音に中の男たちがその声を聞いたときには、すでに行灯の火を消すこともできないまま部屋にまで踏みこまれていた。

「な、なんなんだ、これは！」

「うわあっ」

「痛《いて》っ」

混乱のなかに十手で頭を打たれ、あるいは立ち上がりかけたところへ、腰へしたたかに刀の峰打ちを受け、たちまちに取り押さえられた。打込み方には、門前仲町で祥助を取り逃がしたときの教訓が生かされている。

そのようななかに、松村の横を身をかがめ、するりと抜けた男がいた。祥助である。不意打ちのなかに、その身のこなしはさすがだった。

松村の背後には、抜刀した右善がいた。

逃走者の本能を読んでいた。

(切羽詰まったときに退《ひ》くのは裏手)

だから右善は、玄関口に善之助を配置し、松村を勝手口に置いたのだった。

善之助は口だけでなく、祥助が向かって来れば実際に斬り殺しかねない。

「わあっ」

祥助は目の前に白い刃を見て、思わずかがめていた腰を上げた。

気づいた。

右善の面長の顔がそこにある。片時も脳裡を離れなかった顔だ。

祥助は素手のまま柔術のように身構えた。その右腕に、手首から先がない。思わず
「て、てめえ‼」

右善は一歩退いた。

この機を逃《のが》せば、つぎに探索するのはいっそう困難となろう。

逃走者の本能である。祥助は再度身をかがめ、右善の前をすり抜け、勝手口から飛び出した。右善は瞬時、瀬島伝内と相対したときのように、刀の切っ先を送りこめなかった。

ところが、

「うわわわわっ」

祥助にとって暗闇のはずだったそこが、いくつもの御用提灯で眩《まばゆ》いばかりに照らされている。

「祥助！」

右善も飛び出た。

この御用提灯の囲みがなければ、闇の中に祥助を逃がしていたかもしれない。

祥助は棒立ちになり、

「児島右善っ、ううう」

身構えた。

右善の視線は、ふたたび右手首に行った。

まわりの御用提灯から、

「御用だっ」

「御用っ」

声が飛ぶ。

「くそーっ、右善めっ」

祥助はうめいた。

右善は大刀を斜め下段に構えて踏みこみ、

「きさま、まだかようなことをっ」

「うるせえっ。誰なんでえ、俺にこうとしか生きられねえようにしやがったのは」

「違う！　なにゆえ真っ当にぃ」

「なにい。この体で真っ当にだと⁉　笑わせるねえ！」

言うなり祥助は狂ったように、

「うおーっ」

右善に飛びかかった。右善の刀は動かなかった。そればかりか祥助の体当たりを受け、うしろへよろめいた。

「御用だっ」

「御用」

たちまち六尺棒が祥助に襲いかかった。

右善はうしろへ崩れ落ち、地に尻餅をついていた。

「いかがなされた、児島さん」

牢屋同心が不思議そうに手を伸べ、右善を引き起こした。

「いや。すさまじい気概だったもので、つい」

「中はすべて、後輩のお方らが取り押さえなすったぞ」

言われて屋内に目を転じると、すでに捕物は終わっていた。

周囲には近所の住人たちが出て来て、揺れる御用提灯をこわごわと見つめている。女も子供もいる。寝巻のままの者もいる。言っているのが聞こえた。

「やっぱりあそこ、胡散臭《うさんくさ》いやつらだったのだ」

「でも、いったい、盗賊？　無宿者？」

まだスリの一味とは気づいていない。

中から善之助が十手を手に出て来て、

「こやつですね」

「くそっ」

縄を打たれ、尻餅をついている祥助の頭を十手で小突《こづ》いた。

祥助は憎悪の反応を示した。

「よさんか」

なおも小突こうとする善之助を、右善は手で制した。

「一同、たちませーいっ」

言ったのは牢屋同心だった。

この場で科人《とがにん》たちは、牢屋同心に引き渡された。牢屋同心が牢屋敷のすぐ近くで、狼藉者《ろうぜきもの》を召し取ったかたちにしたのだ。

それでも一人の縄尻を、藤次が持たせてもらっていた。逃げようとしたのへ組みつき、十手で叩き伏せた相手だ。

捕えたスリどもは、祥助を含め五人だった。こんどばかりは一人も取り逃がしていなかった。

これがもし定町廻り同心が捕えたなら、まず町の自身番に引き挙げ、そこで軽く詮議をして大番屋へ送り、そののちに町奉行が入牢《じゅろう》証文を認《したた》め、証文が牢屋奉行の石出帯刀にまわされ、それでようやく小伝馬町送りとなる。

そうなれば小伝馬町の牢屋敷で、祥助への本格的な詮議を始められるのは二、三日後からとなるだろう。門前町の現場を預かる者としては、祥助に門仲の鬼十との係り合いを一刻でも早く吐かせ、鬼十たちが二度と娑婆《しゃば》に戻れないことを世間に示さなければならない。そこに東の昇五郎もひと安堵し、昂《たか》ぶった神経を鎮《しず》めるだろう。

現場では不安定なまま騒動が起こるのを防ぐべく、定町廻りが見まわりを厳にしていた。自身番の町役たちも、住民も疲れ切っている。

祥助を捕えた小伝馬町では、野次馬のなかに町役たちもいた。

科人たちの列が動きはじめた。

足が自身番ではなく牢屋敷に向かったのへ、町役たちも住人たちもホッと安堵の息をついた。これだけもの人数が自身番に引かれたなら、町の出費と気苦労は莫大なものとなる。

縄目を受けた科人たちは、いまだに事態が呑みこめない者、あきらめ切った者と、表情はさまざまだった。

そのなかで右善は祥助の横に歩み寄り、

「祥助、おまえ……」

声をかけた。

祥助は、

「くそーっ、この狼藉同心めっ」

吐き捨てるように言うと、いかにも悔しそうに右善から顔を背《そむ》けた。

牢屋敷の門は閉じられ、ついて来た住人たちはホッとした表情で引き揚げた。町内にかくも大仰に打込まれる悪党が幾人も住みついていたなど、いまさらながらに恐怖を感じていることだろう。

打込み現場になった家作には灯りがあり、牢屋下男二人が現場保存の見張りについている。住人たちは訊いたが、

「びっくりしているのはこっちじゃ。寝込みを起こされ、しかもわしらには役務違いの打込みじゃ」

「そうさ。こっちから訊きてえ。ここに住んでいたやつら、何者だったのだ」

と、牢屋下男たちは火急の動員で、理由は聞かされていなかったようだ。

六

牢屋敷の同心長屋で仮眠をとり、明神下に帰ったのは陽が昇ってからだった。

定町廻りの善之助と松村浩太郎、隠密廻りの色川矢一郎、岡っ引の藤次たちは、日の出とともにそれぞれの役務に散って行った。かれらはきょう一日、小伝馬町の牢屋敷と常盤橋の北町奉行所、それに深川の門前仲町、東町を幾度も往復し、忙しい一日を送ることだろう。

「やれやれ、隠居の身でよかったわい」

右善はつぶやきながら、筋違御門の橋を明神下のほうへ渡った。門番詰所の前で、朝の棒手振《ぼてふり》たちとすれ違った。

療治処に戻ると、すでに冠木門は開いており、留造が母屋の玄関からころがり出て来た。

「みんな心配してやしたんですぜ」

と、急ぐように右善の袖を母屋の居間へ引いた。

ちょうど朝の膳が始まったところで、権三と助八がそこにいた。竜尾をはじめ、皆は一斉に箸を止めた。

昨夜、右善たちが出かけ、留造が冠木門の潜り戸を閉めたあと、やはり竜尾は胸騒ぎがするのか、留造に権三と助八を呼びに行かせたのだ。右善がいないときの用心棒である。二人は喜び、朝まで待合部屋で仮眠をとっていたのだ。

「ちょうどそのころのことだ」

と、右善は、権三と助八がきのう婆さんを運んだ小伝馬町の家作に打込みをかけ、祥助を含めスリ一味を捕縛したことを語った。

「そんなら、もう療治処《ここ》は安心なのですね」

声を上げたのはお定だった。

「見たかったぜ、打込み。お菊さんの仇討ちも凄かったがよう」

「これであっしらも、普段の仕事に戻れるのでやすね」

と、権三はその場に居合わせなかったのを残念がり、助八は安堵の息をついた。権三と助八は祥助のカタがつくまで、この神田明神下界隈に目を光らせているつもりだったのだ。

最も安堵の胸をなで下ろしたのは、竜尾だったかもしれない。その気持ちを隠すように、

「そういえばお菊さん、どうしているでしょうねえ。まだ一ツ橋御門外の上屋敷でしょうか。それとも、もう上州の安中に帰ったでしょうかねえ」

と、話題を変えた。

「もし、療治処《ここ》に挨拶もなく上州に帰《けえ》ったのなら、なんとも水臭《みずくせ》えぜ」

「まだ忙しく、そのうちひょっこり来るさ」

と、権三も助八もその話題に乗り、朝餉が終わると、療治処には右善がまた熟達の鍼師に間違われるなど、いつもの一日が始まった。

町内の患者は間違えたりしない。右善が見習いの隠居であることは心得ている。だが、以前と決定的に変わったことがある。仇討ちの助勢から前身が知れわたったこと

だ。患者たちも、鍼や灸の療治を受けながら言っていた。

「奉行所の旦那が町にいてくださるとは、あたしら安心して日々を過ごせますよう」

「お師匠、ほんと、いい用心棒を置きなすった。町のためにもなりますわい」

と、それらはいずれも町の本心といえた。

一日が終わり、夕餉の席で竜尾も言った。

「ほんとう、右善さんがいてくださり、心強いです」

留造とお定が給仕をしながら、しきりにうなずいている。

だが、右善の心中は逆だった。

お菊が敵を見間違えたのも、それが深川の店頭たちの抗争に波及し、さらにそれと連動しスリの一味が療治処に物見を出して来たのも、すべて右善の存在が発端《ほったん》となっていたのだ。

(儂《わし》が療治処《こ》《こ》に隠居部屋を置いたばっかりに、みんなに迷惑をかけてしもうたわい)

右善は思っている。

しかも町内から頼られると、

(ますます揉め事が持ちこまれて来る)

早くもそれを懸念しはじめている。

お菊が療治処に来た。

権門駕籠が、粛々と冠木門を入った。

お菊が乗っているのではない。乗っていたのは、藩主の板倉勝暁から遣《つか》わされた江戸留守居役だった。その行列の一員に、お菊も加わっていたのだ。腰元姿だ。随行する腰元衆の一人になっているとは、お菊の安中藩邸での日常が、すっかり落ち着いたことを示していよう。

留守居の来意はもちろん、仇討ち助勢の、藩主からの礼を述べるためだった。

座敷にお菊も呼ばれた。留守居にうながされ、お菊は言った。

「殿さまのお国入りのとき、随行して国おもてに帰り、志方家を再興することになりました」

「殿が国おもてに、誰かいい婿《むこ》をさがしておけと命じられましてなあ」

留守居が言ったのへ、お菊は顔を赤らめた。

このとき、

「竜尾どの、まだ決心はつかぬか」

と、御典医の話が出た。

「わたくしは、町場の徒歩《かち》医者であってこそ、諸人《もろびと》の役に立てるのだと思っておりますゆえ」

と、竜尾は以前よりも明確に断った。

留守居は信じられぬといった顔つきになり、右善は内心、

(それでこそ竜尾どの)

と、膝を打った。

その一方、仇討ちのときに見せた果敢な行動も合わせ、

(なにゆえ、この女人は……。武家の出では？)

お菊の仇討ち以来、脳裡を離れなかった疑念が、さらに濃さを増した。

帰り、右善と竜尾は冠木門の外まで出て行列を見送った。というより、お菊を見送った。お菊は幾度もふり返っていた。

権三と助八はあとからお菊が来たことを聞き、遠出していたことを残念がったものである。

大名家の権門駕籠が出入りしたのとおなじ日だった。

夕刻近くである。善之助が黒羽織で、奉行所の小者二人を供に冠木門をくぐった。

それらが、

「さすが右善のご隠居」

と、また町の評判になる。

小者二人は挟箱を担いでおり、一人はかなりの老体だった。門仲の鬼十や不動の祥助たちのようすを知らせに来たのだ。

隠居部屋で善之助は言った。

「きょうお白洲《しらす》があり、裁許が下りました」

「ほう。どんな」

と、右善はひと膝まえにすり出た。

祥助はスリを育て上げ、その元締になって犯行を重ねていたことが明らかになったのだ。

「斬首です。牢屋敷内で一両日中に……」

執行されるという。

ほかにも捕縛が三回目の者二人、あと二人は二回目だった。聞かずとも、いかなる裁許になるかはわかる。

「さようか」

右善は肩を落とした。予測していたこととはいえ、

「仕方あるまい」

つぶやき、

(許せ。儂が未熟だったばかりに)

心中に語った。

さすが父子か、善之助はそれを覚《さと》り、

「まったく祥助は、自業自得でございますよ。自分を見つめることができなかったのですから。その意味からは、憐れな男と言えましょうか。それに、鬼十のほうですが」

と、話をまえに進めた。

鬼十が祥助一味を門前仲町に呼び寄せたことは、祥助の自白が動かぬ手証《てしょう》となり、鬼十は遠島、元次は江戸所払いが申し渡されたという。

「お白洲には東町の昇五郎と、仲町からは佐市が来ており、両方とも安堵の風情を見せておりました。松村どのも、この分なら波風は収められそうだ、と」

「ふむ。それは重畳《ちょうじょう》」

「まだありますぞ、父上」

「なんじゃ」

「お奉行の石河土佐守さまが、お菊の仇討ちの件、城中で老中の松平定信さまから奉行所まで褒められたと非常に喜ばれ、父上と是非一献交わしたいと言っておいででございますが、いかがなされます。私も鼻が高《たこ》うございます」

「ふむ。新しいお奉行とも一度会ってみたいものじゃが。それよりも、ご老中の松平さまのことじゃ」

と、右善は善之助の顔を見据えた。

「なにか」

首をかしげた善之助に右善は、

「ご老中だが、〝風俗を改良し、社会の状態を善美ならしむる〟などとは、これから世間にとってどんな手厳しいご政道を打ち出してこられるやも知れぬ。心せよ。町場にあって諸人へ御掟を押しつけるだけが、町方の仕事ではないということをなあ」

「えっ。いかなる意味でございましょうか」

言っているところへ留蔵が、

「お師匠が、療治部屋が空いたで、来なさらんかと」

二人を呼びに来た。

外に出ると、待っているはずの小者がいない。

療治部屋にいた。

申しわけなさそうな仕草をとる小者に代わり、竜尾が言った。

「見れば肩が相当凝っているようなので、私がこちらへ呼んだのですよ」

年寄りの小者が竜尾に鍼を打ってもらっていて、ちょうど終わったところだった。

庭から縁側に近寄った二人に竜尾は、

「善之助さまもここ数日の激務で、肩など凝っておりませぬか」

「おお、そうじゃ。深川と幾度も往復し、足腰が疲れておろう。儂が試しに打ってやろう。さあ、上がれ」

右善が応えたのへ善之助は、

「い、いえ。どこも疲れておりませぬ。おまえ、肩がほぐれたろう。早う挟箱を」

小者に言い、若いほうもうながし逃げるように帰ってしまった。

「ふふふ、あいつめ。おお、そうじゃ。留造、おまえ」

「い、いや。わし、師匠に買い物を言われておるで」

右善に声をかけられ、留造も急いでそこを離れた。

権三と助八が空駕籠を担いで庭に入って来た。

「おっ、いけねえ」

二人ともとっさに雰囲気を覚ったか、

「ちょいとまた町をながして来らあ」

と、くるりと反転して冠木門を出てしまった。

きのうも右善は二人に鍼を勧め、逃げられたのだ。

「なんだ、みんな。せっかく世のため人のため、役立ってやろうと言っているのに」

右善はその背を見ながら、残念そうにつぶやいた。

「ほほほほ」

と、その右善を竜尾は、療治部屋から頼もしそうに見つめていた。

天明七年（一七八七）の秋は深まり、世に言う松平定信の〝寛政《かんせい》の改革〟が、いよいよ姿を見せはじめたころだった。

時代小説

二見時代小説文庫

つけ狙《ねら》う女《おんな》 隠居右善《いんきょうぜん》 江戸《えど》を走《はし》る1

著者　喜安幸夫《きやすゆきお》

発行所　株式会社 二見書房
東京都千代田区三崎町二－一八－一一
電話　〇三－三五一五－二三一一［営業］
　　　〇三－三五一五－二三一三［編集］
振替　〇〇一七〇－四－二六三九

印刷　株式会社 堀内印刷所
製本　株式会社 村上製本所

ISBN978－4－576－16149－5
http://www.futami.co.jp/

はぐれ同心 闇裁き　龍之助江戸草紙

喜安 幸夫［著］

時の老中のおとし胤が北町奉行所の同心になった。女壺振りと島帰りを手下に型破りな手法と豪剣で悪を裁く！ワルも一目置く人情同心が巨悪に挑む！シリーズ第1弾

隠れ刃　はぐれ同心 闇裁き2

喜安 幸夫［著］

町人には許されぬ仇討ちに、人情同心の龍之助が助っ人。敵の武士は松平定信の家臣、尋常の勝負はできない。〝闇の仇討ち〟の秘策とは？大好評シリーズ第2弾！

因果の棺桶　はぐれ同心 闇裁き3

喜安 幸夫［著］

死期の近い老母が打った一世一代の大芝居が、思わぬ魔手を引き寄せた…。天下の松平を向こうにまわし、龍之助の剣と知略が冴える！好評シリーズ第3弾！

老中の迷走　はぐれ同心 闇裁き4

喜安 幸夫［著］

百姓代の命がけの直訴を闇に葬ろうとする松平定信の黒い罠！龍之助が策した手助けの成否は？これぞ町方の心意気！天下の老中を相手に弱きを助けて大活躍！

斬り込み　はぐれ同心 闇裁き5

喜安 幸夫［著］

時の老中の家臣が水茶屋の妓に入れ揚げ、散財しているという。極秘に妓を〝始末〟するべく、老中一派は龍之助に探索を依頼する。武士の情けから龍之助がとった手段とは？

槍突き無宿　はぐれ同心 闇裁き6

喜安 幸夫［著］

江戸の町では、槍突きと辻斬り事件が頻発していた。奇妙なことに物盗りの仕業ではない。町衆の合力を得て、謎を追う同心・龍之助がたどり着いた哀しい真実！

口封じ　はぐれ同心 闇裁き7
喜安 幸夫［著］

大名や旗本までを巻き込む巨大な抜荷事件の探索を続ける同心・鬼頭龍之助は、自らの〝正体〟に迫り来たる影の存在に気づくが…。東海道に血の雨が降る！第7弾！

強請《ゆすり》の代償　はぐれ同心 闇裁き8
喜安 幸夫［著］

悪徳牢屋同心による卑劣きわまる強請事件。被害者かと思われた商家の妾には、哀しくもしたたかな女の計算が。悪いのは女、それとも男？同心鬼頭龍之助の裁きは!?

追われ者　はぐれ同心 闇裁き9
喜安 幸夫［著］

夜鷹が一刀で斬殺され、次は若い酌婦が犠牲に。犯人の真の標的とは？龍之助はその手口から、七年前に起きたある事件に解決の糸口を見出すが…。シリーズ第9弾

さむらい博徒　はぐれ同心 闇裁き10
喜安 幸夫［著］

老中・松平定信の下知で奉行所が禁制の賭博取締りをかけるが、逃げられてばかり。松平家に内通者が？おりしも上がった土左衛門は、松平家の横目付だった！

許せぬ所業　はぐれ同心 闇裁き11
喜安 幸夫［著］

松平定信の改革で枕絵や好色本禁止のお触れが出た。お触れの時期を前もって誰ら漏らしたやつがいる！龍之助は張本人を探るうちに迫りくる宿敵の影を知る！

最後の戦い　はぐれ同心 闇裁き12
喜安 幸夫［著］

松平定信による相次ぐ厳しいご法度に、江戸は一揆寸前！北町奉行所同心・鬼頭龍之助は宿敵・定信に引導を渡すべく、最後の戦いに踏み込む！シリーズ、完結！

朱鞘《あかさや》の大刀　見倒屋《みたおしや》鬼助《きすけ》 事件控1

喜安幸夫［著］

浅野内匠頭の事件で職を失った喜助は、夜逃げの家へ駆けつけて家財を二束三文で買い叩く「見倒屋」の仕事を手伝うことになる。喜助あらため鬼助の痛快シリーズ第1弾

隠れ岡っ引　見倒屋鬼助 事件控2

喜安幸夫［著］

鬼助は浅野家家臣・堀部安兵衛から剣術の手ほどきを受けた遣《つか》い手の中間《ちゅうげん》でもあった。「隠れ岡っ引」となった鬼助は、生かしておけぬ連中の成敗に力を貸すことに…。

濡れ衣晴らし　見倒屋鬼助 事件控3

喜安幸夫［著］

老舗料亭の庖丁人と仲居が店の金百両を持って駆落ち。探索を命じられた鬼助は、それが単純な駆落ちではないことを知る。彼らを嵌めた悪い奴らがいる…鬼助の木刀が唸る！

百日髷《まげ》の剣客　見倒屋鬼助 事件控4

喜安幸夫［著］

喧嘩を見事にさばいて見せた百日髷の謎の浪人者。その正体は、天下の剣客堀部安兵衛という噂が。奇縁によって鬼助はその浪人と共に悪人退治にのりだすことに！

冴える木刀　見倒屋鬼助 事件控5

喜安幸夫［著］

元赤穂藩の中間である見倒屋の鬼助。赤穂浪士討ち入り前年のある日、鬼助はその木刀さばきの腕前で大店に強請を重ねる二人の浪人退治を買って出る。彼らの正体は…。

身代《しんだい》喰逃げ屋　見倒屋鬼助 事件控6

喜安幸夫［著］

根岸の隠宅で謎の惨殺事件。その下手人を裏で操る悪党を突きとめた鬼助は、同心の小谷健一郎らと共に、決死の捕縛作戦を敢行する。陰で嗤う悪を許すな！

神田川斬殺始末　栄次郎江戸暦7

小杉健治［著］

偶然現場に居合わせたことから、連続辻斬り犯を追う栄次郎。それが御徒目付の兄・栄之進を窮地に立たせることになり…。兄弟愛が事件の真相解明を阻むのか!?

明烏《あけがらす》の女　栄次郎江戸暦8

小杉健治［著］

栄次郎は深川の遊女から妹分の行方を調べてほしいと頼まれる。次々と失踪事件が浮上し、しかも己の名で女達が誘き出されたことを知る。何者が仕組んだ罠なのか？

火盗改《かとうあらた》めの辻　栄次郎江戸暦9

小杉健治［著］

栄次郎は師匠に頼まれ、顔を出さないという兄弟子東次郎宅を訪ねるが、まったく相手にされず疑惑に苛まれる。実は東次郎は父の作事奉行を囲繞する巨悪に苦闘していた！

大川端《おおかわばた》密会宿　栄次郎江戸暦10

小杉健治［著］

〝恨みは必ず晴らす〟という投げ文が、南町奉行所筆頭与力に送りつけられた矢先、事件は起きた。しかもそれは栄次郎の眼前で起きたのだ。事件の背景は何なのか？

秘剣 音無し　栄次郎江戸暦11

小杉健治［著］

湯島天神で無頼漢に絡まれていた二人の美女を救った栄次郎。それが事件の始まりだった！ 一切の気配を断ち迫る秘剣〝音無し〟とは？ 矢内栄次郎、最大の危機!!

永代橋《えいたいばし》哀歌　栄次郎江戸暦12

小杉健治［著］

日本中を震撼させた永代橋崩落から十七年後。栄次郎は、奇怪な連続殺人事件に巻き込まれた。死者の懐中に残された五人の名を記した謎の書付けは何を物語るのか。

老剣客 栄次郎江戸暦13

小杉健治［著］

水茶屋のおのぶが斬死体となり料理屋のお咲が行方不明になった。真相を探索する栄次郎は一人の老剣客を知り、そのなんの気も発さぬ剣の奥義に達した姿に魅せられるが…

空蟬《うつせみ》の刻《とき》 栄次郎江戸暦14

小杉健治［著］

三味線の名手でもある栄次郎は、渋江藩下屋敷に招ばれ、『京鹿子娘道成寺』を披露の最中、最初の異変を目撃する羽目になった。やがて事件は、栄次郎を危地に……！

涙雨の刻《とき》 栄次郎江戸暦15

小杉健治［著］

栄次郎は与力から奇妙な依頼を受けた。薬種問屋の楽隠居が年若い美人に溺れた挙句、女と暮らすと一ヶ月前に姿を消した。真相を探ってほしい、というのであったが…

闇仕合（上） 栄次郎江戸暦16

小杉健治［著］

軽格ながら直参《じきさん》三人の斬死体が発見された。立ち合いの末に斬られており、相手はかなりの手練と思われる。平穏な江戸に忍び寄る凶々しい殺気の闇が犯しはじめた！

将軍の跡継ぎ 御庭番の二代目1

氷月葵［著］

家継の養子となり、将軍を継いだ元紀州藩主・吉宗。吉宗に伴われ、江戸に入った薬込役・宮地家二代目「加門」に将軍吉宗から直命下る。世継ぎの家重を護れ！

藩主の乱 御庭番の二代目2

氷月葵［著］

御庭番二代目の加門に将軍後継家重から下命。将軍の政に異を唱える尾張藩主・徳川宗春の著書『温知政要』を入手・精査し、尾張藩の内情を探れというのであるが…

閻魔の女房　北町影同心1

沖田正午［著］

巽真之介は北町奉行所で「閻魔の使い」とも呼ばれる凄腕同心。その女房の音乃は、北町奉行を唸らせ夫も驚くほどの機知にも優れた剣の達人！　新シリーズ第1弾！

過去からの密命　北町影同心2

沖田正午［著］

音乃は亡き夫・巽真之介の父である元臨時廻り同心の丈一郎とともに、奉行直々の影同心として働くことになった。嫁と義父が十二年前の事件の闇を抉り出す！

挑まれた戦い　北町影同心3

沖田正午［著］

音乃の実父義兵衛が賂《まいない》の罪で捕らえられてしまう。無実の証を探し始めた音乃と義父丈一郎だが、義父もあらぬ疑いで…。絶体絶命の音乃は、二人の父を救えるのか⁉

浮世小路 父娘《おやこ》捕物帖　黄泉からの声

高城実枝子［著］

味で評判の小体な料理屋。美人の看板娘お麻と八丁堀同心の手先、治助。似た者どうしの父娘に今日も事件が舞いこんで…。期待の女流新人！　大江戸人情ミステリー

緋色のしごき　浮世小路　父娘捕物帖2

高城実枝子［著］

事件とあらば走り出す治助・お麻父娘のもとに、今日も市中で殺しの報が！　凶器の緋色のしごきは何を示すのか⁉　半村良の衣鉢を継ぐ女流新人が贈る大江戸人情推理！

髪結いの女　浮世小路　父娘捕物帖3

高城実枝子［著］

女髪結いのお浜はかつて許嫁の利八を信じて遊女となった。足を洗えた今も利八は戻らず、お浜は重い病に。江戸に戻っていた利八に、お麻の堪忍袋の緒が切れた！

火の玉同心 極楽始末　木魚の駆け落ち

聖 龍人［著］

駒桜丈太郎は父から定町廻り同心を継いだ初出仕の日、奇妙な事件に巻き込まれた。辻売り絵草紙屋「おろち屋」、御用聞き利助の手を借り、十九歳の同心が育ってゆく！